后浪出版公司

危险动物

程皎旸

著

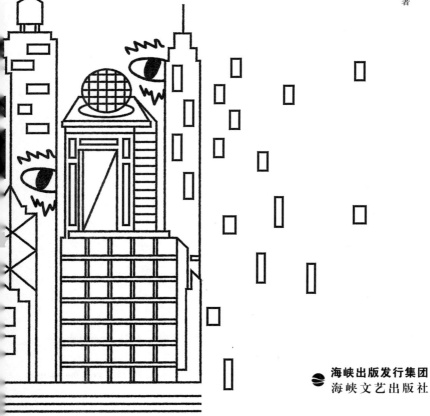

海峡出版发行集团
海峡文艺出版社

图书在版编目（CIP）数据

危险动物 / 程皎旸著. –– 福州：海峡文艺出版社，
2020.12

ISBN 978-7-5550-2497-2

Ⅰ．①危… Ⅱ．①程… Ⅲ．①短篇小说—小说集—中
国—当代 Ⅳ．①I247.7

中国版本图书馆CIP数据核字(2020)第223356号

危险动物

程皎旸 著

出　　　版：海峡文艺出版社
出 版 人：林玉平
责任编辑：莫　茜
地　　　址：福州市东水路76号14层　邮编 350001
电　　　话：（0591）87536797（发行部）
发　　　行：后浪出版咨询（北京）有限责任公司

选题策划：后浪出版公司
出版统筹：吴兴元
特约统筹：朱　岳　梅天明
特约编辑：陈志炜
营销推广：ONEBOOK
装帧设计：Changxin
装帧制造：墨白空间

印　　　刷：天津创先河普业印刷有限公司
经　　　销：新华书店
开　　　本：880毫米×1194毫米　1/32
印　　　张：9
字　　　数：153 千字
版次印次：2020年12月第1版　2020年12月第1次印刷
书　　　号：ISBN 978-7-5550-2497-2
定　　　价：45.00元

目　录

1　另一个空间

27　镜面骑士

51　危险动物

71　乌鸦在港岛线起飞

81　我能再见你一面吗

103　螺丝起子

141　飞往无重岛

155　火柴盒里的火柴

179　破茧

201　透明女孩

215　消失奇遇记

另一个空间

一

昨天晚上，小鹿告诉我，她又怀孕了。

算上未婚同居的五年，我和小鹿在一起八年，她为我堕胎两次。我们说好不要孩子，小鹿似乎也从不怕上手术台。但不知为什么，当昨晚小鹿告诉我她又怀孕时，我看着她圆圆的眼睛，在嘈杂的夜色中闪着湖泊的光——忽然不忍心再让她去杀孩子。可能是我相信"事不过三""命中注定"，也可能是我觉得自己三十五了，也该做父亲了。

小鹿听了我的想法，一下子就抱着我哭，哭着哭着又笑。我这才知道，原来她还是想要孩子，只是她不敢说，怕我不高兴，怕我们养不活。

有了这个想法之后，我开始审视自己的生存空间：

这是位于深水埗麒麟阁三楼的 100 呎[①] 套房。发了黄的四壁被我随意贴上买杂志送的海报：女人的嘴巴、男人的胸肌、小动物的绒毛、说不清道不明的抽象图案……天花板吊着月亮形的灯，可以发出粉紫色的光——这是小鹿在家私城玩刮刮乐送的。大门后是电脑桌，桌下塞满储物箱。我们早就卖掉了上一个租客遗留的电视，只剩床与衣柜相对而立。柜门上被小鹿贴了几片方镜。她喜欢对着镜子与我亲吻，就像《巴黎野玫瑰》里那样。剩下的空间用来容纳可折叠的圆形餐桌、洗衣机、冰箱、杂物柜、鞋、杂志、脏衣服等。

在昨晚之前，我们从不觉得这空间有什么不妥，身边大多数朋友都租着和它差不多大小的屋子——总好过那些挤在 300 呎公屋跟爸妈兄弟姐妹抢空间的寄生虫。房租年年都涨，但还没过万——这在香港简直算稀奇。我和小鹿轮流做兼职就可以养家。如果大家都累了，就抱在家歇一阵，叫来好友，揽在一起喝酒、抽烟、煲剧，疯癫到天明。

半睡半醒的开心时刻，我觉得贫穷也没父亲曾说的那样可怕。

至于我们要在这空间里住多久、租金忽然过万该怎

_____

① 呎，为香港房屋面积计量单位。10 呎约为 1 平方米。

么办，我们可以再想——说不定那时，政府已批了我们租住公屋的申请；又或者，我或小鹿买的六合彩中了大奖，那就万事无忧了。

但此刻，世界不同了。

当我和小鹿下定养孩子的决心后，所有问题的解决都得加快进程。我望着黑夜中五花八门的壁纸，竟然开始担忧：宝宝出生后应该在哪里生存？

我低眼望了望小鹿，她已经躺在我胳膊上睡着了。看着她温柔如月的睡颜，我忽然有了答案：我不可以让我们的孩子在这荒唐的小空间里苟活。

二

谈奋斗已经太晚。我和小鹿都没读什么书，更没什么正经的工作经验，哪怕一起去卖内脏，也不一定给孩子赚来更好的生存空间。我开始焦虑。

得知我的烦恼后，朋友老马给了我张名片：

易空间服务站，改造您的空间，改善您的生活。

纯白色名片印着这样的一句话，句号后跟着一个明黄色的笑脸。

老马是我童年玩伴，比我大五岁，做了七年夜班看更。我觉得他仿佛一个行走的 Google[①] 问答，几乎能解决高档屋院居民的所有问题，令我佩服。他却说自己是夜班值得多，什么鬼怪都见过，不足挂齿。

虽然我从没听过什么易空间服务站，也并不理解什么叫改造空间，但我信得过老马。

第二天，我带着小鹿，按照名片的地址，找到了位于尖沙咀的永旺阁。

这老式商务大楼夹在低矮的金铺和药行之间，显得格外细瘦，抬头望去，不同楼层的窗口挂满霓虹招牌，拉着横幅。绿光红字的，什么"平安卡优质保安课程""超级泰拳馆""顺海游戏机""春夏秋冬火锅"，就是没见到易空间服务站——我和小鹿面面相觑，犹豫了几秒，还是进去了。

"咔啦啦——"

电梯外的铁闸被管理员拉开，乘客稀稀拉拉地走出来：穿豹纹西装的瘦高男人、扛蛇皮袋子的南亚大叔、三个身形如番薯但披金戴银的中年女人、甩一条猫咪尾巴的洛丽塔少女、驼背弓如虾的拄拐老婆婆——我们等着她像乌龟般，缓慢地移出电梯，才一脚跨了进去。

---

① 谷歌，以搜索引擎为核心的科技公司。

"廿三楼，唔该。"我对电梯管理员说。他没有理我，默默挪了挪矮胖的身子，喘着粗气推合铁闸，再伸出生满老人斑的短粗手指，摁亮楼层按钮。

电梯缓慢上升。我望着头顶上那老式的吊扇呼啦啦转，信心逐层递减。

直到电梯再次开门，我才双眼一亮：印着"易空间欢迎你"字样的玻璃门自动在我眼前打开。

"还真亮堂……"小鹿在我身边自言自语，终于又笑了。

我也感到轻松几分，牵着她，踩着光亮的瓷砖走进去，仿佛一对新人步入漂亮的教堂——想到这，我又想起，自己答应给小鹿补办的婚礼还没着落。大厅的长沙发上坐满等候的人，他们大多数和我年纪相仿，并不如我想象中那般光鲜亮丽，或奇奇怪怪，就像任何一个等候大厅可以见到的人，拿着号码单，面无表情地等待——看来老马没有骗我，此公司的交易并不是高不可攀，这又让我放松了几分。天花板上垂挂着液晶屏幕，显示着号码，沙发对着一排窗口，由不同的告示牌隔开："空间储存""空间升级""空间改造""抵押／交易处""领取特制药"等。窗口里坐着身穿制服的年轻男女在为顾客服务。

"您好，请问是艾先生和艾太太吗？"一位身着粉色衬衫裙的小姐走过来。

我们连忙点头。

"马先生昨天已经为您二位预约了私人服务 —— 请跟我来。"

我们跟着她，经过那排灯光明亮的窗口，进入一个通道。两壁涂着猩红的油漆，每走几步便会望见一扇胡桃木门。小鹿似乎有点紧张，她攥紧了我的胳膊。珊瑚粉色的地毯十分松软，让我感觉像踏入了人体内脏。

小姐带我们到了走廊尽头的那间房。

一个身着白大褂的年轻小子迎了出来。他身材高挑，眉清目秀，蓄浅棕色短发，对我们笑得温柔：

"两位好，我是阿森。"

我们握了握手，进屋了。一番寒暄后，我们对阿森说起家事，及目前的困境。阿森也认真向我们介绍公司的服务类型，并根据我们的情况，设计出最可行的改造方案，以及支付方式。

我听着，觉得合情合理，但小鹿却忍不住落泪了。

"太太，您千万不要内疚，每天都有很多人来这里找我们帮忙。你们的情况，在香港也是很常见的。"阿森连忙递过纸巾，"再说，让您的宝宝在一种全新的环境里成长，也并不是坏事呀。"

我看着小鹿抹眼泪时低下的脖颈，整个人也仿佛被暴雨捶弯的野草。我知道，她哭，不止因为宝宝要面对的改造计划，更是担心我承担不起那样特殊的支付方式。但我一时也不知该怎么安慰，只能伸手紧紧搂住她，用下巴亲亲她的额头，希望她能明白，为了宝宝，我什么都受得起。好在她逐渐停止抽泣，再次露出微笑。

见我们情绪缓和，阿森也松了口气。他为小鹿开了一张药单，嘱咐我们三天后再来药房取药，并拿走为宝宝准备的水晶孵化器。

临走前，小鹿欲言又止，不断回头环顾四周。

"艾太太，您还有什么需要我帮忙的吗？"阿森客气问道。

小鹿面露难色，但还是说了：

"先生，我们是老马的朋友，对贵公司的业务十分信任，只是……这改造空间的服务，我真是从没听过，不知……"

阿森笑着挥挥手，示意我们靠近。

"我完全理解您的心情。过来吧，我给二位看一样东西。"

说着，他从抽屉里拿出一个手掌大小的玻璃匣，里面躺着一朵黑色的永生玫瑰。

"我们公司有保密协议，不可以透露客户隐私。但这个，是我为自己做的，给你们看看也无妨。"

我和小鹿凑过去仔细瞧，并未发现这花和礼品店里卖的有何不同，直到阿森用手机电筒照亮它，我们才看到有凸起的圆点在花瓣上，仿佛盲人符号那般。紧接着，他在手机上点了一下什么，再对准那些圆点一扫，一个视频画面就出现在手机上。画面里，是一间装潢华丽、布满花草的房间。房间中摆着一张欧式圆床，上面躺着一名女子。

我被吓了一跳，但碍于情面，故作镇静。

"别害怕，这是我的妹妹。"阿森微笑说。

他双击屏幕，再左右摇晃，让我们360度完整看到他妹妹的模样。

那真是张年轻漂亮的脸庞，我心想，皮肤比阿森更白皙呢。

"我们可以感应到她——你试试。"阿森捉住我的手，轻轻触了触屏幕，一阵稳定的心跳传到我脑里，我惊得睁大双眼。小鹿见状也伸手触摸，她倒是不怕，反而露出了欣慰的笑容。

"她是一个植物人。"阿森缓缓抚摸她的面庞，告诉我们这个秘密。

原来，自阿森的大哥结婚后，家里就没有地方再容纳妹妹。阿森不想让她孤零零地在医院里，又没钱租房子给她，就利用空间改造的技术，给她建造了一个花房。

小鹿听完，不再说什么，她低下头，怕是又要哭了。我拍拍阿森的肩膀，表示男人间的理解。

三

三天后，我和小鹿再次来到易空间服务站，到"领取特制药"的窗口取了一盒粉色药丸，还有一颗透亮的水晶球——好像荔枝那么大。我收妥这两样东西后，按照阿森的指示，去"交易处"签了寿命抵押单。

我看着工作人员将我的合约转交给阿森保管时，觉得自己忽然成长：父亲为改善孩子的生存空间而出卖寿命，义不容辞。

此时小鹿已正式怀孕三个月，小腹略微凸起。她听医生吩咐，每日三餐后服下一粒药丸，然后将水晶球紧紧握住，放在小腹前，打坐冥想，持续十分钟。之后再吸气，胸部往外、脊椎拉长，呼气时再将胸口向内收，如此反复四次。最后，她需用药盒自带的水晶针扎破乳房，抹一滴血在水晶球上——这一秒无比神圣，我们会看见血像落地的雪花一般，瞬间融化，而球体内则迅速升起一团鲜红烟雾，一眨眼即散。

虽然我总心疼小鹿，恨不得代替她来流血，但阿森交代过，只有母乳滴血才有孵化的功效。每当我看着小鹿一脸严肃地完成整个仪式时，我想，她的感受应该与我一样：她正在履行母亲的义务。

最初几日，小鹿还会像初时怀孕时那样，时不时感到恶心、呕吐，甚至贫血。但服药一周后，这种反应逐渐消失，小腹也平坦了几分，倒是水晶球开始膨胀，由一粒荔枝，变成一颗苹果。苹果里生出一团雾状的东西，像云朵一般，飘在透明的空间里。

这颗苹果仿佛一枚净化器，让我和小鹿的生活变得洁净起来。我们互相监督，不许彼此再碰烟酒，甚至立了早睡早起的规矩，轮班为对方制作早餐。最初的一周，我觉得自己充满幸福的能量。我甚至有点后悔：如果早知道养孩子能有这样神奇的功效，我当初就不该让小鹿堕胎。

直到第二个星期三的早上，我一醒来就看见小鹿满脸忧愁地盯着我。

"怎么了？不舒服吗？"我一骨碌坐起，却低血糖一般，眼花了几秒。

我还以为昨晚没睡好，起身一看，镜中的自己吓了我一跳：一夜之间，我额上生出川字纹，两鬓生出白发。

我想起阿森的话：寿命抵押成功后，我的人生将会加速。由于每个人在年轻时的生活习惯不同，所以阿森也无法预料我要承担怎样的生理状态，直到胎儿诞生，我的快速衰老才会停止。

小鹿走过来，踮起脚，轻抚我额头的皱纹，满眼含泪。

"没事的，很快就过去了。"我安慰她。

她也不说什么，只是更用力地握紧了那颗水晶苹果。

这段时间，老马夫妻时常来家里探望。马太太说，她的姐姐、姐夫也经历过胎儿改造。

"不怕的，算下来，姐夫也没有老多少，事后染发，吃中药补补，看起来就精神多了。"马太太鼓励我们。

我笑着说不怕，但不知怎么，胃部开始隐隐作痛。我想起去年因急性胃炎被送医院，医生叮嘱我不能再贪酒，不然会留下后遗症。我又想起父亲年老时也因患胃病而苦不堪言。我开始担心自己早前造下的孽会提前作用给自己，更担心自己遗传了家族胃病——如果那样，我就不能很好地照顾小鹿和孩子了。

也许是见我的状态不佳，小鹿也不再精神抖擞。她虽然没有变老，但心理却被自己折磨，夜夜失眠，没有食欲，时常做噩梦惊醒，说梦见那水晶球被摔碎了。

"孩子的骨头都碎了一地。"小鹿紧紧抱着我，在我怀里战栗。

尽管我最近一被惊醒就感到头晕，但作为丈夫、孩子的父亲，我必须陪着她，一遍遍安慰她，直到她再次入眠。黑暗里，我感到胃痛又逐渐袭来。我努力蜷缩成团，强抑痛感，尽力不吵到小鹿睡眠——但还是看见她在睡梦里微皱的眉头，那一刻真是觉得自己是世上最没用的男人。我忽然想起年轻时，父亲对我说过的话，"贫贱夫妻百事哀！你天天鬼混，迟早要遭报应！"，不禁悲从中来。我感觉自己比那时的父亲还要苍老了。

在水晶球变得有气球那么大的时候，那团云雾有了小人儿般的形状。就如阿森所说，水晶球的孵化作用比子宫更迅速。小鹿终于少了担忧，她暂停了在便利店的兼职，每日都捧着这颗透亮的气球，将它放在睡衣里，躺在床上轻轻抚摸，与它说话。远处看，她就和大肚子孕妇没有两样了。

我的肚子也逐渐大了——松软的肚腩像烂泥，不听腰带的束缚。脖子也短了似的，走起路来，头总忍不住向下耷拉，远远看去像个虾球。每次，我想要伸直腰背，却觉得脊椎咯咯响，酸痛像蚂蚁一样咬啮着。

我开始嫉妒小鹿了。我真想与她换个身份，我来滴血，她来卖命。

但一看到小鹿满眼憧憬的少女模样时，我又变得心甘情愿了。

这段日子，小鹿开始避开辐射，不再看电脑、手机。但她又总想再看一眼阿森为我们孩子设计的生存空间，我只好将那些计划书全打印出来。

"真是像童话里的房子一样。"小鹿捧着那一沓 A4纸，喃喃自语。

纸上印着的图片，是阿森按我们的想法，制作出来的空间样板图：1000呎三居室，卧室呈爱心形状，四壁被刷成海洋蓝色，画着我和小鹿都很喜欢的热带鱼。我们还照着家居城的亲子家私，设计了带有宫廷帐子的婴儿床，孩子一出生就会睡在里面。配套的菲佣也是从阳光中介请来的，我们看过照片，长得蛮和善，据说曾在菲律宾做过小学教师，可以教授纯正英语。

小鹿将这些图片来回翻阅：

"我觉得这一切都太神奇了。你想啊，用手机对着水晶球扫一扫，就能看见孩子在另一个空间里的成长轨迹，还能摸到他，亲亲他，和他对话？你说，这是不是童话故事？"小鹿兴奋得睁大双眼，面上泛起少女时的红润。

看她高兴，我也感慨万分。想不到，百无一用的自己，倒是用寿命为孩子抵来了一个这么棒的生存空间。我又想，干脆，等我身子养好一点，再去卖命！让我的孩子直接在另一个空间里上学。听阿森说，那里学校的教学水平，可以和九龙塘的贵族学校媲美！

我越想越百感交集，想抱着小鹿亲一亲，却又觉得力不从心。

两个月过去，药丸吃了三分之二，距离生产日只剩半个月。妻子精神愈发好了。但我却因为看上去过于衰老，被商场保安部开除。

好在老马人缘好，他求人把我调到了他那个居民楼做看更。虽然工资少了些，但工作量也轻松。我不知是不是年纪猛增的缘故，居然安于这份乏味的工作，甚至还会在午饭时间打盹；一醒来就走神，满脑子都是那水晶球里的孩子。他和我曾想象的任何形态都不一样，他是一个外星的宝贝，由云朵化成的天使。我并不能看清楚他的五官，但我能看到他模糊的轮廓，就像儿时迷恋的棉花糖公仔。

"再坚持一阵，很快就好了。"老马鼓励我。

我低头看着自己那鼓囊囊的肚腩，努力想振奋起来，却又觉得空落落的。

"不过……我姐夫吧，好像也没有你老得这么厉害……"老马觉得奇怪。

这一说，我就愈发多疑。

"我现在丑吗?"我多次问小鹿。

小鹿好像完全沉浸在孩子即将生产的喜悦里，又或者已经习惯我的老态，她捧着水晶球，轻轻亲我的额头:

"无论你变成什么样，我还是爱你的。"

我知道小鹿在安慰我。我看看镜子就知道自己有多狼狈:花白头发稀疏，皱纹深，眼袋肿，嘴角下垂，后背拱着，肚腩撅着，十足一个失败的小老头。

我想起阿森说的，我最多只会抵押十年寿命——那顶多也是四十五岁，如今看起来怎会这般显老?

我瞒着小鹿又去了一次易空间服务站。

四

这一次远不如上次顺利，等了差不多一小时才见到阿森。

两个月不见，阿森似乎又变帅气了，皮肤愈发光洁，哪里像三十岁的人? 完全是少年。一种可怕的怀疑在我心中蔓延。

"艾太太最近可好?"阿森一如既往地礼貌。

我假装焦急地说:

"你快出去看看吧，我妻子……在大堂晕倒了！快救命！"

阿森赶紧叫上助理小姐，紧张地跑了出去。

等他再回来时，我已经坐在他的电脑桌边，手里握着那装着永生花的玻璃匣。

阿森一脸惊愕，吓得面色惨白，求我住手。

"我为什么会老成这样?！"我想怒吼，但声音却十分沙哑，声线开始颤抖。

"你没钱啊，只能用命抵押！这在合同里都写好的啊！"阿森急得直跳脚。

"可你明明说，只要我抵押十年寿命！咳……"

我刚刚吼起来，就剧烈咳嗽，弯下腰去。

阿森趁机走近，想抢走玻璃匣子。我奋力举高手，要砸碎它似的。

阿森终于肯说实话。他跪在地上，一脸痛苦：

"我求你别怪我！我也是想我的妹妹能永葆青春，所以……所以我在你的寿命抵押手续上做了手脚，多拿了你二十年……但是你别急！等我有了钱，给我妹妹续命，我就把你的还给你！"

听到这，我感到一股飓风从胃里扭打着，直吹到胸腔，想要发泄，却头痛欲裂，双腿一软，跪倒在地。

"噼砰"——我听到玻璃器皿破碎的声音。

五

回家路上，我恍恍惚惚，觉得自己像一条丧尸，四肢忍不住抽搐。旁人当我是疯子，不断地为我让路，生怕挨着我。我感到那股飓风一阵阵地在体内翻滚，像是随时要将我撕碎。

"你这是怎么了？"小鹿连忙挽着我，将我轻轻放在床上，挨着水晶球。

我望着她关心的眼神，不敢告诉她，我们都被骗了！在孩子出生时，我就会成为一个六十五岁的老人，像所有衰老的失败者一般，满身病痛，再没力气保护她，为她和孩子带来幸福。

"快看，孩子已经快成型了。"小鹿将水晶球捧到我面前。

不知怎的，看到水晶球的瞬间，我的心又融化了。真是奇迹啊！短短两个月内，我就可以见到这孩子的五官了。

"是个女孩呢！"小鹿笑得露出了酒窝。

"她会和你一样可爱。"我忍住胃痛，紧紧握住小鹿的手。

我看着那母女俩美好的面容，体内那股飓风竟倏地平静下来。我甚至忘记了阿森那可憎的模样，忘记了破碎一地、迅速枯萎的永生花瓣，忘记了被阿森掐住脖子差一点被呛死的瞬间……

我反而想到一个月后的生产日，想到孩子以婴儿姿态呱呱坠地于水晶球里的空间，想到她可以在我以寿命换来的富裕家庭里安度童年——我高兴得几乎醉倒。

这一夜，连梦也是甜的。

第二天，我却在小鹿的厉声尖叫中醒来。

只见她捧着水晶球，像捧着定时炸弹般惶恐。我凑近一看：水晶球缩小了一圈，球内的女婴失了五官，只剩苍白的脸庞，手指也退化得不再齐全！

"怎么会这样……怎么会这样?!"小鹿发了疯一般尖叫着。我头皮发麻，手足无措，忽然想到昨天那破碎的永生花……

我立马冲去厕所——镜子中的自己竟然年轻了几分！白发少了，皱纹浅了，面颊也有血色了，眼睛也不再浮肿……

我想到了自己签署的寿命抵押合约："若抵押寿命被强行撤回，水晶孵化器也会逐渐失效。"

而我的寿命又有二十年被阿森押在那永生花里……

我不敢再想！摔门而去。

"阿森呢？我要见阿森！"我在易空间服务站的大厅里大嚷大叫，顾客见到我都怕得躲在到一边。我被几个年轻男女拦在门口。

"先生，请您冷静……"

"你们让那个混账出来！他偷了我的命，他杀死了我的孩子！"

这一声怒吼变得十分洪亮，我又变得浑身蛮劲，一下子就挣脱了束缚——我知道自己的寿命抵押合约在逐渐失效，我的青春正迅速归来，可我却无法感到高兴。如果我早知道昨天的冲动会牺牲我的孩子，我宁愿一直老下去……

我像一只被激怒的公牛，在易空间服务站里横冲直撞，直到被一根警棍电倒。

我抽搐着倒地，恍惚间见到一个身着保安服的男人蹲在我面前：

"先生，请您冷静……阿森已经死了。"

"死……死了？"我颤抖着问。

一个穿大红色制服的女人扶我起来：

"先生，您一定要听我解释，我们都被阿森骗了！他那朵永生花里，养着的是他自己的灵魂！他一直挪用公司为客人储蓄的寿命，通过他妹妹的身体，为自己增值……"

我的意识越来越模糊，仿佛沉入深海，什么也听不到了。

六

再醒来时，我发现自己躺在永旺阁的大门口，在来去匆匆的脚步旁、见怪不怪的注视下。

我猜可能是被易空间服务站的人给赶出来的，但此刻已经无心再回去纠缠。正午的日头很辣，我游魂一般飘在楼林之间，皮都快被蒸化。

迎面走来一群穿着蓝色旗袍校服的女孩，她们前呼后拥着跑去卖冰激凌的美食车边，叽叽喳喳地从我肩旁飞过。我仿佛也跟着她们飘走了，飘回十多年前的旺角，那个开在街头的士多①。小鹿背着杏色双肩包，穿着白色的衬衫校服裙，和其他几个女孩小跑着过来，你推我搡地，跑来找我买烟。

我接着向前飞，飞过了陪着小鹿偷偷抽烟的后巷，飞过被小鹿爸妈破口大骂的唐楼门口，飞过小鹿的中学毕业礼，牵着她在大雨中奔跑，不管她的爸爸是不是拿着棍子从家里追出来。我带她去我工作的地方兼职，茶餐厅啊，便利店啊，糖水铺啊，走马灯一样转。夜晚，我们在太子的酒吧跳舞，五彩斑斓的音乐在我们耳边转来转去，我们摇头晃脑地，说我爱你啊爱你。

"叮叮叮——叮叮叮——"

———————————

① 士多，即杂货店，港澳地区对英文"store"的音译。

红灯的信号灯在我耳边响起，我叶子一般跌在地上，不得不在安全岛上停一会儿。

我望着巴士、小巴、的士、私家车赛马一般飞过，化成一条白光，一团烟雾升起，它成了水晶球。水晶球在我眼前缓缓膨胀，成了一只猩红的太阳。阳光下，我白净透亮的女儿像雪人一样逐渐融化，先是没了五官，再没了四肢，接着一层层塌落，成了一摊血水，流入下水道。

小鹿的尖叫声仿佛再次在我耳边响起。我捂着耳朵狂奔。可声音不放过我。它慢慢变成雷声，雨声，暴风声，吵得我七零八落。

车停了。身边的人又开始快速行走。我却忽然不想飘了，像泥巴一样瘫在沥青地上。

我直勾勾地望着烈日，眼睛被日光扎出泪。泪水化作父亲愤怒的双眼。眼神由暴戾到无奈再到荒芜。

我闭上双眼，觉得自己十分可笑。我居然想着抵押寿命，把女儿隔离在另一个空间里，一劳永逸。

"呼啦啦"——我听到车子又开始在马路上驰骋。它化作一股笑声，扇着我的耳光。我攥紧拳头，使劲地砸在自己胸口——力气又回来了。我干笑一声。我宁愿它别回。

七

我不知道自己是怎么到的家。也许是爬的，也许是滚的。那个生了锈的大门又在我眼前，一动不动，我却头晕眼花。

我不知道小鹿还在不在家。我不知道那个水晶球里的孩子现在融化成了什么样子。我不知道该如何面对忽然降临、却又被自己搞砸的幸福。但我也不知道除了回家还可以做什么。

我从口袋里掏出钥匙。它忽然成了不听话的蛇，在我手里扭来扭去，在门洞边吐芯子，就是不肯钻入锁眼。

我听到金属相互碰撞发出的噪音。我开始烦躁。我使劲地在门上戳来戳去——

门忽然开了。

还不及我退缩，一个肉身就结结实实地向我贴过来，一双柔软却有力的胳膊紧紧抱住我。我感到一个圆乎乎的球体顶住我的肚脐。哦不对，我的肚脐已经消失了……

"孩子还在。"

我听到小鹿的声音，像是湿漉漉的雨滴，砸在我耳边。

"水晶球失效了，孩子又跑回我肚子里了。"她又说，甚至还咯咯咯地笑起来。

我连忙卸下她的胳膊，半跪在地。

我看到了，那个圆滚滚的肚皮，比三个月前要大一倍的肚皮，像是气球一样飘在我眼前。哦不，它不是气球，它是养育我孩子的空间——比天堂还要美好，比水滴还要纯粹。

我抬头，看到小鹿抚着自己的肚皮，哭肿的圆眼睛像毛月亮一样漂亮。

这一刻，我仿佛回到了第一次背着重重书包上学、一到学校就卸下担子时那种仿佛快要飞起来的轻盈感。对，我觉得一撒手就可以飞到天上去了。

但我舍不得。我紧紧地握住小鹿的手，轻轻把脸贴到她的肚皮上——我感到有只小手正游戏般触碰我的脸颊。这比风拂面还轻的触觉仿佛在对我说：

爸爸。

后　记

一切恢复正常后，我不再幻想给宝宝制造什么新的空间，正如小鹿所说，那可能是童话故事。我带小鹿去了医院体检，一切正常，她目前的孕期是六个月零两个星期。我们依偎在床上，我抚摸着她的肚皮，又望着镜子里的自己——还是那个三十五岁的自己。

恢复年纪的我依然在那个老旧的居民楼里做看更。但我无法再满足于八小时都坐着的乏味工作，我开始在夜晚兼职做工厂区搬运工。尽管小鹿还是担心我会吃不消，但这和出卖寿命比起来，好太多。

我开始向其他工友打听，有没有面积稍大一点的廉租房。有人建议我，去元朗租村屋，可以和他们一家合租，他们住一楼，我们住二楼。我开始更努力地搬货，希望能早点搬过去。

这一天，一切如常，下午六点，我收拾好个人物品，在墙角的储物间更换制服，准备离开。忽然，一个居民挽着个高挑的男子闪了进来。他们没有看到缩在墙角整理衣服的我，径直走去电梯旁。

我隐约听到居民在对那个男人诉苦，什么房子太小，老人瘫痪，拜托他去看看，怎么能够扩大一下空间云云。

那个背影，礼貌又斯文地点着头，时不时拍拍居民的肩膀——他让我感到既熟悉又可怕。我一直盯着他，仿佛要刺穿他。可他却毫无察觉，直到走进破旧的电梯，也一直没有回过头。

那会不会是阿森？

冰霜仿佛从足下开始向上攀，一些怪诞的想法牢牢冻住我。我原地不动，却仿佛看到逼仄又阴湿的老旧住宅，发了霉的四壁，衰老的皮囊，横七竖八地睡在一起，摞成金字塔形状的空间。那空间阴暗，却悬挂着一个个水晶孵化器，像孩子的眼睛一般，在皮囊堆上，闪闪发光。

镜面骑士

一

黑桃心形状的接单器在裤袋里震动的时候，我正坐在百老汇电影中心私人厅，斜靠西瓜红天鹅绒软椅，与身旁的 M91 小姐接吻。那是喜欢在光影辐射下接吻的小胖妹，这是我第三次接待她。如前两次一样，她约我在星期天下午见面，并点播电影《People on Sunday》①。此外，她备注：尽情吻我，但不要碰我，谢谢。

我看到她耸立在光影中的鼻头，像小雪绒在夜风微颤。而那双湖泊般的双眼，被日系假睫毛梳过，似海鸥羽翼，划过布满晨霜的模糊窗口。但我猜不到这窗里的自己是什么模样——当她戴上隐形 VR 眼镜后，看到的

---

① 《星期天的人们》，德国电影，纪实风格默片。

便是她在下单时自行设定的爱人面容。而我，我只是一个面上镶着脸形屏幕，并可通过其播放 VR 影片的兼职男友。不过我更喜欢公司为我们取的名字——镜面骑士。它让我感到复古又浪漫，无畏到可以捧着任何人的脸对其说，我爱你，爱你，为了你，我赴汤蹈火，在所不辞。

有人在网上发起"拒绝兜售爱"的运动，呼吁大众不要再消费我们这些因五官残缺而做镜面植入手术的人。可他们不懂，我热爱我的工作，热爱镜面骑士集团——如果没有它，我将永远是一个天生缺了鼻子、歪了下巴、遭人嫌恶的孤儿。我更热爱戴着一张完美的虚拟脸皮，服务客人，并遵循公司守则，付出一视同仁的爱意，永不将其占为私有。

与 M91 的约会结束时，我深情目送她，直到她那充气莲藕般的小粗腿消失在出口，我才触碰太阳穴上的感应按钮——脸形屏幕开始自洁。我想象 M91 鲜橙色唇印与残余的唾液一点点消逝，也逐渐将自己从刚才的角色里抽离出来。

走出电影院的时候，我从口袋里掏出接单器，点击屏幕查看新客户的资料。

二

　　那是编号为 Y11 的女客户。Y，是客户的姓氏拼音第一个字母，而 11 则是客户自己设置的幸运号码。屏幕上的资料告诉我，Y11 于今日下午一点在"镜面骑士"App[①] 注册账号，并购买隐形 VR 眼镜。再往下翻，便是她的首次约会要求。

　　　　请于夜晚九点十分给 852-52217768 打电话，并对我读出以下语句：

　　　　"是我。"

　　　　"天又下雨了。"

　　　　"去翻翻你的外套口袋，我在那里藏了一个礼物。"

　　　　注意，这次是试约。我会根据你的声音表现来判断是否继续约你。

　　坦白讲，这不是我第一次依靠通信工具完成约会。B8 先生也曾通过视频软件与我调情。在屏幕那边，他穿比基尼给我跳舞，兔耳朵头饰耷拉在秃顶脑门上，随他肥肚皮一起摇晃。我用心欣赏，对屏幕不断飞吻，摆出

---

① 手机应用程序。

性感姿态回应。在他一个侧踢腿、下拱桥却扭了腰时，我立即帮他打急救电话。那晚，我收到他给我的丰厚小费及好评："这恐怕是我最后一次跳变装舞。感谢你的欣赏与陪伴。"

是的，几乎没什么事可以难倒我，这个常驻好评榜前五名的镜面骑士。但约我打电话，让我读句子的客户，倒是头一回见。除了给予客户虚拟脸皮与肢体接触外，我几乎不与他们交流。毕竟，虚拟脸皮可以骗人，但声音不会。

"嘟——嘟——嘟——"

拨通电话时我有点紧张。

很快，电话被接了起来，话筒传来杂音——那仿佛是淅沥雨点砸到窗上。但我望了望公寓窗外，夜晚干燥得像是被街灯烘干的深蓝色绸布。

"喂?"

当 Y11 的声音穿透深蓝，传到我耳里时，我感到自己被钝物击中，水从脑子里流出来，泛滥成一片回忆的汪洋。沉入海底的我混沌望见一个少女，眼睛小小，蓄乌黑柔软的童花头，娇小的身子藏在旗袍式校裙里，踩一双锃亮黑皮鞋，款款向我走来。那是我年少时暗恋过的学姐嘉嘉。我记得，那时她的声音就是透过音箱传到每个班级，而我就静静趴在桌上，听她播报晨间新闻。

闭上眼睛，我仿佛看到一把细腻的糖珠，被撒入脆亮的瓷碗里，跌宕出一片清甜来。

"怎么不说话了？"

Y11 问道。我一惊，连忙把自己从回忆里拉出来，并在心里警告自己：作为一个镜面骑士，你的职责是向客人提供最完美的爱意，而不是让自己沉溺于爱意。

"是我……"

我听到自己的声音突兀在空气里，唯唯诺诺。我感到自责。

"啊，是你啊。"好在 Y11 并没有挑剔，自顾自说起她的台词：

"请问有什么事吗？"

我调整好状态，这一次，声音听上去深情多了。

"天又下雨了。"我说。

话筒里传来的雨声渐强，似乎是电话被拿到了离窗户更近的地方。

"是啊，又下雨了……"Y11 的声音变得模糊。我感到她仿佛是一团迷雾，缩在潮湿的墙角，与未知的恋人通话。

"去翻翻你的外套口袋，我在那里藏了一个礼物。"

"什么？"

Y11 响应得很快，带着条件反射般的反问，似乎不明白我在说什么。

尽管我的三句台词已说尽，但凭着角色扮演的经验，我重复了刚才那句：

"我说，去翻翻你的外套口袋，我在那里藏了一个礼物。"

我听到"劈啪"一声，仿佛窗户被关上，雨声也变得模糊；随后是话筒被搁置在桌面的声音，以及拖鞋摩擦地板的咚咚。

"你给我画的画?"Y11惊呼。

啊? 我不知该如何回应，只听到"咔哒"一声，Y11挂断了电话。

下一秒，我的接单器就又发出怦怦怦的心跳声——那是系统消息。

"您与Y11小姐的约会已完成，对方给您的评价是★★★★。"

紧接着，又来了一条新的约会任务，依然是Y11。这一次，她的要求是：

"请在明天早上九点半于观塘地铁站B出口等我，我会穿柠草黄背带裙，手里拿一捆稻草。见到我不要与我对话，也不要与我相认，只需悄悄跟踪我，一直跟踪我，直到我进入一个需要打开密码锁才能进入的地方。"

三

挂断电话的那晚，我睡得很浅。Y11最后扔给我的那句台词让我不安，并将我的记忆带回年少的噩梦：在淅沥的小雨中，我溜进播音室，将自己为嘉嘉画的素描，悄悄放入她的书包——很快，这件事被传开。我的养父被老师叫去谈话。我不知老师说了什么，此后养父开始厌恶我、挖苦我：本就生得丑陋，却不专心学习，跑去泡妞，如果不是怕没人给他养老，他早就踹走我。为了逃避他的语言暴力，我私自辍学，流浪一阵子才被孤儿院收留。

Y11会不会是嘉嘉呢？我想着。这个想法让我自责。我没想到，自己竟然还会记得嘉嘉，这个令我自毁前程的恶魔。最令我内疚的是，作为一个称职的镜面骑士，我怎能对客户产生非分之想呢？我的爱是平等的。心烦意乱地，我灌了几杯伏特加，不久才沉沉睡去。

第二天，我起床晚了，到达观塘地铁站时已经九点二十——好在没有迟到。我对着钢面垃圾桶整理了一下被风吹乱的头发。

再一回头，我望见一抹明亮的柠草黄在匆忙又麻木的人流里若隐若现。我屏住呼吸，躲到垃圾桶边的柱子后。余光里，身材高挑的Y11宛如一株向日葵，从出闸口逆光绽放。她戴一顶编织草帽，深棕色卷发轻盈跃动在帽檐下，几束人造稻草躺在她肩上摇摇晃晃，草梢挠着她裸露在交叉背带下的蝴蝶骨——那肌肤凝白透亮，在柠草黄的映衬下，竟如海中倒影的膏脂玉器，波光粼粼。好美的肌肤啊，我近乎晕眩地赞叹道。但很快我又开始自我约束：作为一个有职业操守的镜面骑士，我要一视同仁，不因顾客美丑而改变对其平等的爱意。

Y11 脚踩湖蓝色渔夫鞋，走得轻快。她走进便利店时，买了一个菠萝包。在她排队买单的几分钟里，我已迅速捕捉到几个侧头偷瞄她的眼神——我猜 Y11 的面容一定也美得惊人。这增强了我对她的好奇。就在我尝试换一个角落，希望能瞥见她侧脸的时候，她又疾走起来。我连忙跟上。

在不断涌动的人流里，我与 Y11 保持大约两米的距离。她快我就快，她慢我就慢；她躲闪路人我也躲闪，她逆流而上我也逆流而上。这段看似恒久不变的追踪距离中，不知怎的，我的视线逐渐变窄，除了眼前那片飘浮在柠草黄下的白皙背影外，四周一切都模糊成一层薄雾。而从薄雾中飞来的偷瞄眼光，一旦落在我眼前的背影上，就纷纷幻化成翩翩花火，凝固在扑扇的蝴蝶骨上，令笼罩其上的光愈发明亮、热烈。

这发光的背影带我经过冒着香气的小吃档口，穿过贴满广告的工地围栏，直到红灯亮起，才与薄雾一同停滞在斑马线前。在这一刻，我忽然失神，仿佛成了一只卑微的蛾，被火光完全吸引，只想走上前轻吻。

绿灯亮起。我又跟着那团光如游魂般飘荡，穿过商城停车场，进入四壁被刷成酒红色的工厂大厦，乘电梯到四楼。在狭窄昏暗的走廊里，我的视线逐渐恢复冷静，远远望见她停在一间屋前。在她摘下帽子，伸手按密码时，我终于瞥见她的侧脸：鼻梁与眉骨凹凸有致，下颌在柔软的发丝下闪着金属色的光，深嵌在眼窝里的双眼皮让她看起来像欧洲洋娃娃。"叮——"，我听到密码锁成功配对的声音。她推门进去。走廊彻底暗下来。我的双眼顿时失去追踪光火时的晕眩。半梦半醒地，我朝着吞噬她的那间屋子走去。只见被刷成草绿色的木门上挂着一个木牌，上面用白色画笔写着：请勿打扰。

四

与 Y11 的电话约会一样，结束后不出几分钟，我就收到了四星好评。但接下来的日子里，我再没收到 Y11 的约会邀请。不久后的夜晚，我开始梦见她。梦中，Y11 的背影不再是背影，而是一个不断吸引蝴蝶与萤火虫的神秘物体。在光火照耀下，我听到她对我发出邀请：来看看我的脸啊，来看看。尽管我不断警告自己，不可违背公司规定，但我最终还是忍不住。我冲上前，伸出颤抖的手碰了碰那团光。忽然，火光熄灭。Y11 的白皙肌肤如发了霉的石灰墙壁，墙皮层层脱落。一张脸在黑暗中显现。它奇丑无比，生满脓包的双眼对着我，鼻孔爬满蛆虫，下巴像瓜瓢般侧歪。我想逃跑，却跑不动，只能眼睁睁看着那张丑脸越来越近。就在它差一点要与我的脸吻合时，我突然醒来。黑暗的卧室里，我浑身冰凉，战栗不止。

此后，我无法再专心服务客户。无论我面对的是穿蓝色旗袍校服的 W31 小妹妹，还是带我去别墅享受的 Z7 寡妇，我都不再拥有训练有素的温柔、细腻与热情。每当我尝试深情注视他们，我只能看见丑陋脸庞，令我作呕。

终于，我在第四次接待 M91 小姐的时候感到头昏脑涨，提前退场，因此得到她严重差评。为了跳出这种恶性循环，我不得不按下接单器暂停键，并预约修护师莉莎姐。那其实是镜面骑士集团的创始人之一，也是最初介绍我入行的恩人。

莉莎姐工作的地点在镜面骑士俱乐部，一座位于中环兰桂坊的三层楼建筑。第一层是骑士主题酒吧。这是星期四的早上，酒吧尚未营业。我绕过铜黄吧台、铜马雕塑、骑士画像，找到通往二楼的电梯，并在开门按钮处输入我的指纹。

二楼的骑士休息室里，四壁被刷成让人放松的海蓝。天花板上的乳房形音箱里播放着"事后烟"乐队的后摇。几个等待维修的同事围坐着，享受情爱蒸汽。那是直接喷上脸形屏幕就能让人感到愉悦的新型香烟。不远处，一个侏儒向我走来，我认出他是阿力，几乎与我同时入行的老友。

"好久不见！"我向阿力挥手。

可阿力却仿佛看不见我，自顾自向前走。怎么回事？我一把拉住他：

"不认得我了？"

他抬头看我，我才发现他的脸形屏幕有多处弹孔般的裂痕，被大火烧焦的皮肤在黑暗下若隐若现。

"你好，我是见习骑士阿力，请多多指教。"他对我礼貌鞠躬后，便匆匆离去——像是换了个人。

我感到蹊跷，走去问其他同事。果不其然，他们告诉我，阿力犯规，打算和某个客户私奔，于是得到惩罚——记忆与积蓄被清零，一切由头来过。

听到这消息，我紧张了。但容不得我多想，接单器已经发出"叮咚"声——与莉莎姐预约见面的时间到了。我深呼吸，默念"祝我好运"，攀上通往三楼的木制楼梯。

明亮的 LED 吸顶灯下，磨砂玻璃板隔断出一个个小房间 —— 这里就是镜面骑士修护中心 —— 脸形屏幕损伤的同事都在这里接受专业治疗。我走到大厅尽头，推门而入。

摆满蕨类植物的小屋里，弥漫着浓浓的热巧克力味道。窗边坐着熟悉的身影。她肥胖的身子藏在牛仔布套头连身裙里，银灰色短发蓬松在圆嘟嘟脸颊边，一股暖阳般的气息从她和蔼的微笑里倾泻而出。

莉莎姐迎着灯光向我走来，像一艘沉稳的船，朝我扬帆：

"来，到我的怀里来。"

我以沉睡的姿态深陷于莉莎姐柔软的胸脯。每逢这样的时刻，我都会回想起十多年前的某个午后。那是在孤儿院，我因蓄意破坏同学衣物而被锁在宿舍，不得参与集体活动，直到一缕阳光射进来，光后站着由辅导员带来帮助我的资深社工 —— 莉莎姐。她似乎是一个带着治愈魔力的亲人，一个让丑八怪也能变得美丽的卡通人物。从那以后，我所有的委屈都可以在她母亲般的怀抱里找到和解。

我梦吃般对莉莎姐复述最近的遭遇。从奇怪的电话约会，到追踪时出现的光影幻觉，再到无法释怀的噩梦。说到这，我再次感到冰凉的战栗从指尖开始蔓延。我仿佛成了冻僵的濒死者，渴望再被光芒笼罩。

"可怜的孩子……"莉莎姐轻轻拍着我的后背，像安慰一只胆小的兔子，"你这是染上了镜像欲望渴求症啊……"

"什么?"

莉莎姐放开我，起身走去屋角，那里立着一个小型书架。

"你听说过拉蒂尔吗? 一个研究人类欲望的哲学家。他曾经提出过一个看法——喏，给你，翻到第 123 页。"

一本厚重的黑皮书被递到我面前。我翻开一瞧，全是密密麻麻的英文字母——根本看不进去。

"还是麻烦莉莎姐说给我听吧……"

莉莎姐靠在书架边，盘腿坐下:

"我问你，你第一次见到自己，是什么时候? 你不用回想啦，你根本记不起来。在拉蒂尔看来，每个人第一次见到自己的模样，就是第一次照镜子的时候。当然，这个镜子不单指实质上的镜子，也可以是他人对你的看法，对你样貌的评价。他认为，每个人都希望从镜子里看到一个完美的自己。现在，把这个理论放到我们的工作来讲——你觉得为什么客户会需要我们的陪伴呢?"

"因为他们需要看到一个虚拟但完美的爱人。"

"对。你很明白嘛 ——"

"这我当然明白，入职培训时已经学过了嘛。"我有点着急，"它和我的症状有什么关系？"

"其实道理是一样的，只是你和客户追逐的完美不同。"

我似懂非懂。

"回到我们的镜面理论。有时，你希望从镜中看到的'完美'并非你本身渴求的形象 —— 它有可能是他人对你的期望，或者说，他人眼中所欲求的完美。当你望见他人渴求的目光时，你也就潜移默化地希望自己成为那种注视下的'完美'。"

我恍然大悟：

"所以说，'我'追逐的，只是一个'我'认为完美的形象？'我'希望变成一个发光的背影，一团让世界暗淡的火光？"

莉莎姐点点头。她起身走到我的身后，从木质五斗柜里翻出一个粉色针管。

"来，这是孔雀开屏水。给你打一针，你就能暂时忘记那种渴望光芒的冰凉感。"

"等一等……"我拦住莉莎姐，"我为什么会突然染上这个病呢？"

"很正常。可能你某个客户也有这个病，这可是一种急性传染症。"

一定是 Y11 ！

但下一秒我又否定自己。Y11 那么美的人，何需渴
求完美？

五

不得不说，孔雀开屏水是个了不起的发明。每日注
射一支，我不仅能让自己飘在空中，还能让我约会的客
户也仿佛被炽热激情点燃。很明显，那段时间我的回头
客大幅增多。他们告诉我，实在难以忘记与我约会的感
受，仿佛全世界的光都熄灭，只有一团神秘火光闪烁。
在那里，他们不仅看到自己最完美的恋人，甚至还望见
自己被爱的模样。

我并没有真正被爱过，但我能理解客户的感受，就
像火中起舞的飞蛾，在自我牺牲中升华爱欲。

我想，这一切超凡表现，都得归功于孔雀开屏水。
尽管它每一支价钱都超过我一个月积攒的小费，但为了
客户，我还是找莉莎姐买了一大箱。

至于 Y11，我不再痴迷于对她的想念，又或者，我
可以控制对她的爱欲，那不过是遭到病毒感染的症状，
只需一支药便可消除。

炎夏缓慢消耗，秋天转瞬即逝，我几乎将自己对Y11的渴望之情忘得一干二净，哪怕不需要孔雀开屏水也不再做噩梦——直到我再次在街上看见她的背影。

那是庆祝圣诞的冬日，我在铜锣湾的人造雪花秀里结束与K35小姐的狂欢热舞，正与她吻别时，一个身影逆着人流匆匆前行，瞬间捕捉了我的眼神——我不会看错，那样桀骜又洁白的脖颈，不会属于他人，只能属于Y11。但由于正在与K35热吻，我只能用眼神追着Y11，这时我发现，她并不是独自行走，在她的身后，还跟着另一个人，夜色中，他的侧脸泛着金属色的光——那是另一个镜面骑士。那位同事混在人流之中，我难以从他的身形辨认身份，但他跟踪Y11的姿态却让我仿佛看见过去的自己：如痴如醉，四肢僵硬，完全不理会四周冲撞而来的路人，一双脚不听使唤，如僵尸般跟着眼前的背影，哪怕去往深渊也在所不辞。

很快，二人消失在我的视线中。

那日以后，我又开始惦记Y11。尽管孔雀开屏水能帮我维持良好的工作状态，但一闲下来，我就会琢磨，那个让我心神不定的Y11到底是什么人？她为什么要通过约会来吸引镜面骑士，并将自身的病毒传播出去？难道……她一开始就知道自己的病，所以才故意约会我们？

想到这，我不禁打了个哆嗦。坦白说，市场上对于镜面骑士集团不满的人太多。自我们横空出世，那些相亲网站啊，速配软件啊，通通不再流行。这个世界上，缺的不是肉体结合，而是提供完美爱意的对象。于是我的头脑清晰起来：这个 Y11 很有可能是竞争对手派来打击我们的。

我开始对 Y11 进行反跟踪。

直觉告诉我，Y11 长期工作的地点应该就是观塘。按着首次约会的时间与地点，我出现在地铁站。果不其然，Y11 再次在人流中绽放光芒。为了避免见到她再次犯病，我已提前注射了一针孔雀开屏水——但见到她背影的时候，还是有一股想要冲过去的欲望。很快，另一个镜面骑士出现了，我的欲望平息下来。

这个骑士我认识，他叫阿森，身材高壮，毛发浓密，就连面部也生着粗粗的汗毛，怎么刮都刮不尽，从小都被人当作野人，直到加入我们，才有了活下去的勇气。阿森性情温和，嗓音低沉，擅长安慰与抚摸，所以评分也高居不下，和我差不多级别。但他从小受到排挤，因此养成超乎常人的淡定与无情。所以，当我望见他跟踪时呆滞又卑微的佝偻姿态时，不禁心中发寒。看来 Y11 的病毒无比强大。

我一直跟着阿森，走过半年前那条熟悉的路，我仿佛能感受到阿森此刻的心情，一定是既火热又悲伤，备受煎熬。直到进入那栋破旧的大楼——我这才发现，这似乎是一个被弃用多时的地方，几乎没有其他商户出入。看来上一次我完全被病毒入侵，连这样危险的环境都没留意。

终于，阿森跟着 Y11 进了电梯。为了不被发现，我乘坐了下一趟。等我从电梯出来时，正好遇见从走道另一边走来的阿森。就在我想着如何与他打招呼化解尴尬时，他却径直与我擦肩而过，仿佛失去了视力——他也病了。

望着阿森呆滞的背影，我告诉自己，不行，我不能再让更多同事遭到病毒侵害。我大步冲向那个挂着"请勿打扰"的门，将身子化作一支导弹，用力撞上去——一下，两下，三下……

门开了。

屋子不大，方方正正，装修简陋但灯光温和，四壁贴着洁白的瓷砖，地上铺着浅灰色地毯——正常办公室的模样。但屋内的景象却让我怀疑自己一脚踏入了另一场噩梦。

在方方正正的空间里，数十个一模一样的女体仿佛玩偶一般，静立在陈列架上。她们赤身裸体，皮肤光滑无瑕，身材比例恰到好处，并隐约散发清甜香气；最骇人的是，她们生着完全相同的脸：鼻梁与眉骨凹凸有致，下颌在柔软的发丝下闪着金属色的光，深嵌在眼窝里的双眼皮让其看起来像欧洲洋娃娃……

她们全都是 Y11。

"你最终还是来了。"

一个女声出现在我身后——还是如我在电话里听到的那样，清甜、透亮。我回头一看，这才发现身后的墙壁嵌着一道圆形拱门，门开了，Y11 就在我面前。这是我第一次与她对视。与梦中不同，她的脸没有变成丑陋的瓜瓢，它依然完美无瑕，白得发光，却无法让我再为之沉醉，我能感到的只是一股莫名的寒意。说实话，那一刻我想逃跑。但镜面骑士的职责告诉我，我不能就这样离开，我必须要弄清楚这女人的目的。于是我清清嗓子，佯装镇定：

"你到底是什么人？"

Y11 轻轻一笑：

"你真的想知道吗？此刻离开，我可以当你没有来过。而你再打上几针孔雀开屏水就能忘记今日的烦恼。"

我一惊。这女人已经知道了孔雀开屏水，看来我猜得八九不离十。于是我拿出接单器：

"你知道吗，如果我按下警报器，我附近的同事就会赶来支援我，而我们公司特派的保安员也绝不会轻饶你。"

说到这里，我的勇气莫名倍增，对她斜嘴一笑："此刻交出真相，或许我还能帮你想想退路。"

Y11 望着我，哈哈大笑起来。她的声音在笑中逐渐变化，声线变粗，音调变低，让我感到一种可怕的熟悉……这时候，她将手举到脑门顶，使劲向下一划——只见那层光洁的皮囊如开胸衫一般，朝着左右两侧脱落。瞬间，Y11 瓦解了。眼前那具女体逐渐膨胀、变宽，成了一个令我差点跌掉眼球的形象：莉莎姐。

"来，傻孩子，到我的怀里来——"

莉莎姐挺起肥大的胸脯，对我张开双臂，眯着眼袋包裹的小眼，露出甜腻的笑容。

这一次，我既没有倒在她的胸脯里大哭，也没有夺门而逃，我感到一切意识在此刻凝固，恐惧令我无法迈动一丝一毫。

"别害怕，我的孩子。这女性皮囊是我们集团最新研发的产品。它无限接近人皮，但具有更迷人的光泽、质感——最重要的是，它被注射了一种叫作'爱'的流感，叫人欲罢不能——相信你已感受过了。"

望着莉莎姐，我第一次觉得，她那张堆满赘肉的大脸如此可怕。

"所以，你就故意让我们这些镜面骑士染上病毒，然后购买昂贵解药，再通过约会将病毒传给更多人吗？"
我听到自己的声音在颤抖。那不是出于恐惧，而是来自
内心的无知与无能。

"喔，怎么能这么说呢，我的孩子。"莉莎姐皱起
眉，对着我努努嘴，"要知道，你们都是我自己最心爱
的宝贝……我怎么忍心呢？"

说着，她绕到我的身后，指着那几排裸身女体：

"她们，才是即将出战的士兵。等着吧，很快，一波
让世人难以戒掉的神秘女体将会在欲望的角落里蔓延。男
男女女，只要触碰这肉体就会产生幻觉，把它当作毕生所
追求的真爱——却求而不得，只好在虚拟的镜面里寻找
快乐，或成为倚赖孔雀开屏水的瘾君子——可他们又怎
会想到，穿上这些完美皮囊的，都是和我一样，从小因肥
胖而不讨喜的家伙。"说着，她又转过头，微笑着指着我：
"也和你们一样，都是丑——八——怪。"

听到这里，我感到一股飓风从体内盘旋而上，呼啦
啦——它将我刮回阴郁孤独的童年，我看到自己瘦小
无助，蹲在角落，任由同学将我包围。他们一边扯下我
的裤子，撕烂我的背心，一边做鬼脸一边嘲笑我：丑八
怪，丑八怪，生来没人爱——

这股愤怒的风继续吹，将我一股脑吹到莉莎姐面前，
望着她惊恐的双眼，我举起手中接单器，重重朝她肥硕的

脑门砸去——一下，两下，三下——我听到她在怒吼。她那粗糙的嗓音可真难听！于是，我用余下的一只手抓住她的脖子，肥腻的肉一层层渗入我的手指间。

可她还在挣扎，呼哧带喘地奋力踢我，用肉袋般的胸脯撞我。为了躲避她的肉弹，我向后踉跄几步，不曾想，给她钻了空。她立马将手插入口袋，掏出一个东西，再迅速举起来——我看到那满是斑点的肉爪，正握着一把粉色的枪，它对准了我……

一阵香甜的风吹过，"咻"一声，我感到细小的刺穿透我的额头。

下一秒，我的世界开始下沉。丑陋的脸庞，肥大的身体，完美的肌肤，它们如画片一样在我脑子里闪回，又褪色到消失。

不知过了多久，我恢复了视力。

我完全想不起来刚才发生了什么，望着空荡荡的走廊，我忘记自己身处何方，忘了自己为何会出现，更忘了这是什么日子。这时候，我感到有东西在口袋里震动。我掏出来一看，是一个黑色桃心形状的、金属质地的机器，它一边震动，一边对我闪烁红光。

啊，我想起了：

我是一个镜面骑士，一个从小因面貌丑陋而遭人遗弃的孤儿。我热爱镜面骑士集团，热爱拥有一张令人觉得完美的虚拟脸皮，热爱遵循公司守则，对客户付出一视同仁的爱意、且永不将其占为私有。我浪漫、温柔、勇敢无畏到可以捧着任何人的脸对其说，我爱你，爱你，为了你，我赴汤蹈火，在所不辞。

危险动物

在油麻地上海街的小公园里，一个奇怪的女人出现了。她骨瘦如柴，四肢苍白，戴墨镜、口罩，穿橙色吊带裙，拎褐色工具箱，趿拉一双镶嵌羽毛的布艺拖鞋，穿过人群，径直走到公园旁的隐秘小径，开始喂动物。

她先将工具箱打开，拿出透明方碗，从里抓出一把鸟粮，然后对着公园旁的绿皮球场，奋力一撒。很快，鸟群从四面八方冲刺而来，掠过女人羸弱的腰肢，穿过球场外的网栏，霸占大半个绿皮地，疯狂啄食。

待鸟粮撒完后，女人又拿出另一个碗。这碗里有两格，一格装濡湿饭粒，一格盛五彩斑斓的颗粒物。只见她往里走了几步，对着灌木丛边的坑渠蹲下来，先抓一把饭粒，将其均匀涂抹在坑渠盖里面，然后再将一个个颗粒物用力贴上去，反反复复。大约半小时后，她站起身，掏出湿纸巾擦手，然后关上工具箱，穿出小径，走回人群中去。

最先发现这奇怪女人的是安东——一个退学在家的无业少年。那天下午，安东宿醉醒来后无所事事，四处闲逛。就在他穿过玉器市场，途经上海街小公园时，一条鲜橙色的纤瘦背脊吸引他。望着白皙香艳的肉体，安东不由自主走过去，侧身站在灌木丛后，踮起脚，想看女人蹲在那里做什么——当他看清楚时，他被女人对着坑渠盖粘贴颗粒物的行为惊呆。

这是个疯子，安东想。他本想快速逃离，但好奇心又逼他停留。不久，女人站起来，目不斜视向前走，安东紧随其后。他跟她进入街市，见她买了几袋果蔬又走出来，逆流在人群里，直至天桥底——那里有个用木板搭的棚子，外罩一层透明浴帘。女人撩起浴帘，推开一块木板，迅速钻进去。

有意思，安东想，这女人有点意思啊。

第二天，安东早早起身，几乎一上午都泡在小公园附近，左顾右盼，直到傍晚，那女人终于出现。这一次，他目睹了她喂鸟到贴颗粒物的全过程。等她离开后，安东立刻上前，猫低身子，观察那坑渠盖——很快，他看见一团灰不溜秋、毛茸茸的东西在盖子下闪烁棕色的光。是老鼠！安东差一点就叫出声来。这疯子在喂老鼠！他越想越觉毛骨悚然，不敢再看坑渠一眼，拔腿就跑。

到底是什么样的人会每天跑去坑渠边喂老鼠呢？老鼠是那样恶心又危险的动物。她为什么会对它产生情感？安东想不到。他必须要找个人和他一起想，于是他给嘉嘉打了电话。

嘉嘉比安东大五岁，是网站记者。一个月前，她因为"退学少年"专题访问而在社工的介绍下认识了安东。她问了他很多隐私问题，例如，你为什么不想上学，你觉得这样的人生有意义吗，你爱你的家人吗，你爱你自己吗等等。他不是一个爱谈心的人，但不知道为什么，望着嘉嘉闪着樱花粉光亮的双眼皮，还有不断张合的润嫩嘴唇，他将自己全盘托出。从那以后，他总想和她聊天。

大多数时候，嘉嘉对他的话不感兴趣，甚至完全不回他的信息，除非他说一些与古惑仔有关的八卦，或发生在油麻地凶宅的怪事，嘉嘉才会充满好奇，又开始问他一连串的问题。于是他明白了，嘉嘉是个喜欢猎奇的女孩。他决定用这个怪女人的故事来猎嘉嘉。

"你猜我今天看到什么了？"

安东在电话里卖关子，嘉嘉却冷冰冰：

"有话就快说。我在忙。"

"我跟你说……我看到了，一个女人——"

"喔。"

"一个很特别很特别的女人……"

"如果没什么重要的事情我就挂电话了。"

"她在油麻地的公园旁喂老鼠！"

"什么？"

"我说，她在油麻地的公园旁，一个没什么人去的小径里，利用饭粒把一些奇奇怪怪的颗粒物粘在坑渠盖里面，然后，吸引老鼠爬出来舔食……"

就这样，安东成功吸引了嘉嘉，她答应与他在星期五傍晚见面，不过前提是，他必须带她去看那个喂老鼠的女人。

兴奋许久的安东盘算着事后如何与嘉嘉约会。他决定带她去新开的糖水铺吃"心太软"。如果她开心的话，说不定还能请她去看一场电影，然后趁热打铁，在黑暗里摸一摸她。

傍晚来临时，嘉嘉出现在油麻地。她穿纯白色短T恤，下搭海蓝百褶裙，像浪一般摇曳到安东眼前。但安东却笑不出了，因为嘉嘉不是一个人来的，她身后还跟着个男人，高大、健硕，扎日本武士头，胸前挂一台长炮般的相机。

"怪女人呢?"嘉嘉开门见山。

"等一下! 还没到时间……"安东没了好脾气,他故意不看嘉嘉,叼一根烟在嘴里。

但嘉嘉没留意安东的情绪,她绕到另一边,与男人细声交谈。

安东踮起脚,努力偷听对话,但哪怕听到了只言片语也不明意义 —— 什么"页面浏览量",什么"粉丝互动",什么"高峰时段读者"。他只好将烟点燃,狠狠吸着。

烟雾缭绕时,嘉嘉忽然转过身,侧头细细打量他:

"你怎么不说话了? 心情不好?"

安东便又傻乐:

"没有啊,哪有……"

就在这时,那抹鲜橙色身影出现在安东视线里。

"来了来了——"

安东立马对嘉嘉打眼色。他本想握住嘉嘉白嫩的手腕,对她说:别怕,别慌,跟我来,我们躲到灌木丛后……

但根本不等安东指示,嘉嘉和男人已追过去。男人举起相机,瞄准女人,嘉嘉也从背包里抽出一杆录音笔:

"小姐你好,请问你是这附近的居民吗? 我们有点问题想问你,可以把你的眼镜和口罩摘下来吗?"

嘉嘉声音嘹亮，引起路人侧目，他们有的停下来，观望或偷拍。但女人却充耳不闻，视而不见，用肉体撞开拦路的围观者，径直走向那小径，卸下行李箱，拿出透明碗，自顾自将鸟粮撒去球场。

很快，鸟群从高空冲刺而来——吓得嘉嘉尖叫一声，但不久她又冷静，躲在男人身后，对他耳语什么，只见他将镜头对着鸟群，不断拉远又拉近。

待鸟群被粮食固定在球场后，女人蹲下，拿出另一个碗。

"请问你这碗里是什么东西呀？是你自制的饲料吗？"

女人不回应。她如常将濡湿饭粒反复抹擦在坑渠盖反面，一丝不苟。

"我们听附近居民投诉，说你每日都会来这里喂老鼠是吗？"

女人依然不为所动，逐一将颗粒物粘在满是饭粒的地方。

"你知道老鼠是一种很可怕的动物吗？它会散播细菌，传播疾病。你不怕这附近的居民因此被传染吗？如果真是那样，你觉得你能负得起社会责任吗？"

这一次，嘉嘉收起笑容，语调严肃，似乎想激起女人的辩驳——但是没有，她依然什么也听不到那样，安静、自闭，像完成某种使命般重复手上的工作。

于是，嘉嘉拉着摄影师站起来，两个人交头接耳一阵后，便向着远处的路人杀过去。

安东望着嘉嘉远去的背影，又望了望脚下那熟悉的橙色背影，他一时想不到该做些什么才能让自己看起来不像个傻子。一个被女人利用的傻子。某个声音在安东耳里来回响。他将烟头扔到女人橙色的屁股后面，狠狠踩着，再逆着人流悻悻离去。

当晚，神秘女人在油麻地公园旁喂老鼠的报道出现在社交媒体上。

那是被精心剪辑为三分钟的短视频。画面里，一群鸟宛如饿狼般涌向球场。紧接着，橙色的女人出现。镜头拉近：她的脸被遮得密不透风，几点白色碎屑出现在毛发稀疏的头皮。镜头向下：女人苍白的手指布满污渍，摩擦布满锈迹的坑渠盖。

此时画外音起：

"所谓过街老鼠，人人喊打——它的皮毛携带跳蚤、螨虫等次生害虫，假如进入住宅区，便会污染食物、传播细菌，实在恐怖！但近日，我们的人气记者嘉嘉，就在油麻地发现一个奇怪女人——如影像所示，她每日打扮神秘，行为猥琐，拎着一大箱怪异食物，去上海街公园旁的隐蔽小径，喂老鼠！"

画面切换至油麻地街头。嘉嘉举着话筒访问路人：

"请问你们是油麻地的居民吗？你们是否知道这附近有女人在公共场所喂老鼠？"

而路人的反应仿佛串通好一般，皆如被毒咒击中：

——什么？老鼠？有人在附近喂老鼠？哇，好恶心，害死人呀！赶她走啦！诸如此类。

几个小时后，这个视频已被不少网友转发，就连安东的同学也在群里讨论它：

那个嘉嘉好靓女！

又靓女又大胆。

她每次的访问都好犀利！

是呀，总是能发现一些稀奇古怪的事情！

但那女人到底是什么人？为什么要喂老鼠？

不知道呀，好恐怖！

一条条信息弹出来，倒映在安东眼里。嘉嘉，嘉嘉，嘉嘉……他望着这名字，感到一股无名火在胃里烧着，于是放下手中的酒瓶，愤怒戳着手机屏幕：

"那个喂老鼠的女人是他妈我先发现的！！！"

安东发了这条信息上去。

过了几分钟，没有任何人回应。他又发了一句：

"你们记住，嘉嘉是个臭×！！！"

说完，他退出群组，摔碎酒瓶，翻出厕所里的杀虫剂，又抄起门边的拖把，气势汹汹出门了。

安东穿过夜游的人群，经过那个在夜色中发出深绿光芒的球场，对着那坑渠盖狠狠喷药，直到刺激的味道冲击他的鼻子，他才径直穿过街市，走到人声减弱的天桥底。在那里，一个被透明浴帘包裹的木棚子静立，它在安东的双眼里放大又缩小，露出怪兽般的轮廓。

安东如饿极的鸟一般，对着木棚冲刺而去，然后一脚踹在上面。

"啊——"

他仿佛听到一声尖叫，女人的尖叫，嘉嘉的尖叫。

这让他感到兴奋。他抢起拖把，漫无节奏地敲击木棚，仿佛丧心病狂的鼓手在宣泄愤怒，直到拖把忽然敲了空——木棚开了。

安东没站稳，跟着趔趄了一下。而下一秒，一张女人的脸出现在夜色里。

"啊——"

这一次，尖叫的是安东。他松开拖把就向后跑。但怎么跑他都无法忘记刚刚看到那张脸，那张怪物般的脸，苍白、瘦削，凸出来一对圆鼓鼓的眼球，它们一个血红，一个棕黄，恨不得要垂落到冒着脓疮的鹰钩鼻头，而在鼻子下面，极短的人中向左右两边无限开裂，露出一对高矮不一的尖锐啮齿。

那晚以后，安东再不敢经过上海街的小公园。

B

叶莎听说"油麻地有女人喂老鼠"的离奇事件时，是事发后的翌日早晨。准确来说，她那时刚刚被客厅传来的异味熏醒。果然，爱丽丝又拉肚子了。

爱丽丝是叶莎养的一只大白兔。在叶莎干枯的中年单身生活里，这兔子是她唯一的甜心，安静、柔软、漂亮，每次将它捧出去放风时，都可以赢来不少油麻地街坊的艳羡。

几乎没什么事可以将叶莎和爱丽丝分开，除了上个星期，她被撺掇回内地参加相亲会，离港一周，叶莎只好将爱丽丝交给她最信任的宠物托管所照顾。但爱丽丝似乎不满意叶莎的做法，因为从那以后，它开始自闭，不再跳"兔子舞"，更缺乏食欲，时常用嘴巴拱开兔笼，跑去大门边发呆。三天后，爱丽丝开始拉肚子。

按理说，叶莎应尽快送爱丽丝去宠物医院治疗。但她偏偏不信兽医，因为五年前，她另一只心爱的小仓鼠就莫名其妙死在了兽医手下。于是，叶莎联系了吉姆——一个获得宠物通心疗愈协会荣誉证书的年轻俊男。

"让我来看看它——我们可爱的小公主爱丽丝。"

吉姆从叶莎手中接过爱丽丝，然后，如往常一般，将它举到他的眼前，与之对视。

叶莎在一旁不断询问："它怎么了？是不是生我气了？"

这样紧张的气氛似乎又让她回到了五年前，小仓鼠去世的时候，她也央求吉姆对着它的遗照来寻觅灵魂：

——它现在到天堂了吗，过得好吗，有没有怪罪我照顾不周？

五分钟过后，吉姆终于开口说话：

"爱丽丝受到了惊吓。"

"什么？"

"它刚刚告诉我，它感到害怕，每晚都做噩梦，不敢睡觉。"

"是不是宠物托管所虐待它？"

"它说没有，那里的人对它很好——放心吧，我推荐的托管所不会有任何问题啦。"

"那会是什么惊吓？"

"一种异类的磁场恐吓。具体是什么我也很难说，我只能猜测，这附近可能出现了什么奇怪的生物，它肮脏、危险，严重威胁到了爱丽丝。"

"那求你帮我再问问……"

"别急，让我再与它沟通一下，它今天话很少，你知道，兔子一受惊就会这样。"

又过了五分钟，吉姆对叶莎露出遗憾的表情：

"爱丽丝告诉我它累了，让我不要吵它……"

"喔，我的宝贝……"

叶莎抱回爱丽丝，一边抚摸它柔软的毛，一边亲吻它的额头。

那天以后，她开始留意，这屋子里有什么奇怪的东西会吓到爱丽丝吗？她为此进行大扫除，扔掉不愉快的老照片，例如前夫与她的合影，还有那个三年前被她偷拍下来的小三背影。直到这天早上，叶莎一边为爱丽丝清理排泄物，一边听早间新闻，忽然被那条"油麻地有女人喂老鼠"的报道击中。她连忙走到电脑屏幕前，仔仔细细盯完了一整条视频。

画面的最后，叶莎看到那女人用湿纸巾擦擦手，然后徐徐起身，扭着纤瘦腰肢，摇摆着毛茸茸的拖鞋，傲慢地逆着人流，游去天桥底的木棚屋——她感到一些被尘封的恨意给激发了。

"呸！骚女人养臭老鼠。"叶莎对着屏幕狠狠骂着。

早餐过后，叶莎出现在家楼下的万福士多，她买了一袋强力老鼠药，急匆匆行至街对面的小公园，找到视频里出现的那条隐蔽小径，将散发牛肉干味道的颗粒物一股脑撒入灌木丛后的坑渠。

那一晚，爱丽丝胃口果然好了不少，叶莎也松了一口气，安心睡了。

可是第二天一早，叶莎依然在一股恶臭中醒来。她望着病恹恹的爱丽丝，心想，难道那老鼠药没用？她又跑去小公园旁的坑渠边观察——不仅不见死老鼠，反而还能看见一些残余的饭粒和五彩斑斓颗粒物——看来那女人昨天又来过了。

叶莎气急败坏找士多老板理论："老鼠药怎么不管用？"

老板笑着叫叶莎息怒：

"老鼠这种东西，哪那么容易被杀死，再说，死了一只，还有千千万万只啊！"

"亏你还笑得出！"叶莎凶起来，"你知不知道，就在你们士多对面那条街，有个骚女人在喂老鼠！你卖老鼠药还不去杀老鼠，是不是不怕染病，不怕死？"

老板恍然大悟：

"原来你是想杀了公园那里的老鼠啊——看不出来，你还蛮有社会责任感的啊！"紧接着，他斜嘴一笑，告诉叶莎一个杀老鼠的绝招。

深夜，叶莎安顿好爱丽丝后，戴上医用口罩、工人手套，拎一小桶从装修铺买的水泥、一包粟米粒，小心翼翼下了楼，来到无人的小公园。然后，她将粟米粒轻轻蘸上水泥，纷纷洒在坑渠盖周围。

"老鼠吃了很快就会腹胀而死。"士多老板的话在叶莎脑海里回荡。

回到家时，已过了凌晨，叶莎累坏了，趴在沙发上喘气。她托腮望着瓷砖地板，不远处的角落里，爱丽丝正安静呼吸，那团白嫩的毛茸好似巨大的雪球，在深蓝的夜色里折射出梦幻的光。

这一次，秘方见效了。翌日一早，叶莎不再闻到任何异味，爱丽丝也干干净净窝在笼子里。她兴奋得来不及洗漱，穿着睡衣就下楼，刚刚步及球场边，就远远望见几只死老鼠，散落在坑渠附近——看起来像一团团烂掉的香肠，蚁群密密麻麻为它们画出死亡的轮廓。

不知怎的，叶莎有点期待那骚女人看到这一幕的反应。是捶胸顿足呢，还是无声泪流？为了目睹这戏剧性的画面，叶莎一整个下午都守候在小公园。

百无聊赖地，她坐在石椅上，四顾熟悉街景，想起往日捧着爱丽丝来散步的时光。尽管这公园陈旧，但也有零星老人或菲佣聚在此闲聊、发呆，而爱丽丝则是叶莎与陌生人交流的唯一媒介。

"好漂亮的兔子啊！"——路过它的人总忍不住上前摸摸，再顺便和叶莎聊几句。每当这时，叶莎便感到前所未有的充盈。

"你知道吗，大约五年前，我的小仓鼠刚刚去世——被一个没良心的兽医给害死！那时我伤心得不行，没日没夜地哭，发梦也能梦见它……直到有一天，我一觉醒来，听到有人敲门。等我跑去开门时，却不见人影，只看到一个纸箱出现在走廊里！我低眼一瞧——纸箱里装着一只白白嫩嫩的小兔子！对了，就是这样，那个小兔子就成了我的爱丽丝……"

她不厌其烦地对路人诉说这一场奇遇，美丽到足以弥补她丈夫出轨、中年失业、靠着离婚补助度日的可怜日子。

但此时，除了匆匆而过的路人，小公园不再有闲人光顾，它显得愈发破旧，宛如废墟。都怪那骚女人，叶莎愤愤地想，那条可怕的新闻吓跑了所有街坊！

正想着，那抹鲜橙色的身影在前方拐角处出现——叶莎立刻伸长脖子，瞪大双眼，细细望着。令她难过的是，那女人比视频里看起来更瘦、更白，走起路来更嗲！

很快，女人走到了球场边——几只死老鼠就在她的脚边。

叶莎屏住呼吸，期待女人停下脚步，然后花容失色，精神崩溃——但没有。那女人仿佛什么也看不到，甚至踩过一只死老鼠的尾巴，径直走到小径，放下工具箱，开始喂鸟。

怎么回事？叶莎诧异，难道这女人是瞎的？她站起身，缓缓踱步至灌木丛后。

近距离的观察里，那抹恼人的橙色显得愈发聒噪。而不断挥起的白皙胳膊，也仿佛成了充满挑衅的暧昧曲线。

不知怎的，叶莎的注意力逐渐分散，并倒退回三年前，某个午后，她也是这样，悄无声地躲在墙壁后，看一条温柔的曲线，依偎在自己丈夫怀里，宛如嵌入他松垮肚腩的优美饰物。

直到女人对着坑渠蹲下来，叶莎的目光才又聚焦。她大胆向前迈了几步，站到女人面前——但女人却对叶莎的入侵视而不见，拿出另一只碗，安静地将饭粒抹在坑渠盖里，一下又一下。

"喂——"

叶莎忍不住对女人叫了一声。

女人不语。

"我跟你说话呢！"叶莎又叫了一声。

女人还是没反应，抓了一把颗粒物，粘在坑渠盖下。

忽然，叶莎看到一团毛茸茸的东西在坑渠盖下显现——那窝脏东西又来了！

叶莎受够了。她大喊：

"你不要喂老鼠了！它又脏又恶心！"

女人像成心和她作对一样，不仅不理会，还故意放缓动作，愈发优美、静谧。

叶莎急了，伸出粗壮的胳膊，推搡那苍白的肩膀。尽管女人被搡得来回摇晃，但就是不倒下，始终保持蹲立。

叶莎躁出了一身汗。她一边抹脸，一边看着女人那捂得严严实实的脸。这神秘的装扮是多么熟悉。

"不要脸！"叶莎骂着，一把扯下女人的眼镜——女人终于有了反应，迅速抬起头来盯着叶莎。

那一刻，叶莎愣住了。

在淡紫暮色里，叶莎看到一双无比稀奇的眼珠。它深陷在眉骨之下，一只被朱红的湖泊包围，一只泛着棕褐色的波光——仿佛是波斯猫，却又比波斯猫多了几分人情味。下一秒，那又长又卷的睫毛轻轻扑闪，凝结出模糊的雾，两行五彩的溪流顺着下眼睑淌下来，沾湿浅蓝色的口罩。

那天傍晚，叶莎的兔子不见了。据说她那天出门太急，连家门都没关严——那没良心的狡猾兔子，便拱开门溜走了。

后　记

有关喂鼠女人的传闻逐渐在油麻地蔓延。有人说，她曾是砵兰街红极一时的凤姐，被仇家毁了容，没了生意，才沦落至此。也有人说，她曾是富豪的情人，被抛弃后又流产，精神崩溃，当老鼠是孩子。而最不可信的则是关于她双色眼睛和怪异唇齿的说法。怎么可能嘛，哪有这样的人。

但总有人无法忍受她的存在。他们自发组成团队，不断轮流给食环署打投诉电话，直到对方宣布，他们已派人去消灭老鼠，并发送罚单到女人的木棚屋。

此事不久，天桥底的木棚在深夜失火。火灭之后，只剩废墟，警察赶来，女人却不见踪影。

得知此消息的记者嘉嘉，忽然想起几个月前，自己做过的访问。她不会忘记，那个喂鼠女人，就是住在这天桥底的木棚里。

于是，她再次带上摄影师和几个壮汉，前往小公园。这一次，她决定来一次大揭秘——将坑渠盖撬开。

让人惊讶的是，这个坑渠下并无下水道——它是假的，又或者是被弃用的。而在里面，铺着几层干草，草上还残留着一些尚未被吞食的颗粒物。

就在嘉嘉要将头伸进去张望时，一团毛茸茸的东西噌一下跑了出来。

老鼠！同事叫起来。

但嘉嘉定睛一看，不，那不是老鼠，那只是身形如老鼠，但长着猫耳朵、鸟尾巴，满身深灰茸毛的……不知名生物。

这家伙停在球场边的石阶上，警惕四顾。嘉嘉连忙命令摄影师拍特写：画面里，它那张如骷髅般瘦削的脸上，生着一对不同颜色的小眼睛，一只粉红，一只金黄；而鼻子与嘴连在一起，随着呼吸向左右裂开，露出一对小小的门牙。

"咔嚓——"摄影师按下快门，下一秒，它伸开纤瘦四肢，迅速奔跑，逐渐飞离地面，消失在空气里。

而在世界的另一个角落，一个患有唇腭裂和虹膜异色的小女孩刚刚醒来，睁眼的瞬间，她在窗边发现了一只和她一样、同时拥有双色眼睛和兔唇的无名小兽。

乌鸦在港岛线起飞

"啊——"

就在刚才，香港时间 18:43，我仿佛听到一丝乌鸦叫。

我之所以认定那是乌鸦叫，是因为我曾在泰国听过。那是在曼谷，去往大皇宫的路上，烈日底下，我望见寺庙塔尖在澄蓝色空中闪着金光。与我同行的陌生旅游团不顾导游催促，纷纷举起手机拍照留念，一行人散落在未有车驶来的沥青马路上，像是被风吹乱在河上的舟。就在这时，一片黑叶从他们头顶叫唤着飞过："啊——啊——"哎呀，怎么有乌鸦！一中年女子哀号一声，连忙收起手机，小跑离开，其他人见状也仿佛遭了诅咒，跟着她一道逃。但乌鸦仍在高空盘旋，越叫越起劲，像恶童的坏笑，一声烈过一声——刚才那声音，就和我在泰国听到的，如出一辙。

按理说，香港地铁里不会有乌鸦，哪怕是地面、

高空，我都曾不见乌鸦飞翔——毕竟这里是香港。我
猜一定是人在学它，那声音不远，就混在等车的队伍
中，与我仅隔了几个人头。声音急促但高昂，甚至盖
过了地铁管理员高声喊的"请不要拥挤——请先下后
上——"。我相信其他人都听到了，但无人回头张望。
我左边的短发女人领着四个刚刚齐膝的孩子，低着头，
双唇飞速扑闪着港式英文，教他们有序等车——女人
没有露出丝毫被乌鸦叫打断的神情，就连孩子也依然机
械地重复不成章的英文；而我右边的光头男人持续呼出
潮湿的气息，我瞥了一眼就被那插入鼻孔的透明管子吓
得不敢再望，他的呼吸频率也不曾因鸟叫而有所更改。
我也只好垂下好奇的脑袋，将眼神再次深埋到手机屏
幕——毕竟，在目不斜视的香港，轻易向他人投去好
奇的目光，会被视为无礼或没见识。

　　我其实很少在傍晚乘搭港岛线，因为我时常加班
至深夜。能赶上高峰，说明我占了公司的便宜，哪怕被
挤成纸片，也值得庆祝。我高兴地顺着人流，从几乎垂
直的手扶电梯上滚滚而下，再在管理员的指挥下，有序
地进入一条等车队伍，哪怕它已经长得要刺到对面的站
台，大多人都保持着应有的礼貌、友好，像被硬塞到同
一张棋谱里的 N 盒国际象棋子，虽然挤得我前胸贴你
后背，但依然立得端正，各有尊严。

　　扶手电梯不断涌来新的棋子，我看高空悬着的指示牌显示，下一趟列车还有两分钟就到达——"啊——"乌鸦声再次响起。这回更高昂，像被一指戳在键盘不肯撒手的音符，持续起码五秒，直到头顶广播响起曾志伟的公鸭嗓，"欢迎大家乘坐香港地铁！由于现在是繁忙时段，请大家少安毋躁，列车马上就到啦"，这啼声才骤然终止，仿佛乌鸦嘴巴被强行合上。

　　人群开始骚动，因为远方驶来的又是一辆不载人的空车。右边的男人小声咒骂："仆你个街啊，死港铁，搞什么鬼……"前方的手纷纷举高，手机屏幕显示人流泛滥的月台。左边的妈妈却仍在耐心地重复着"请保持安静——请保持礼貌——"这样的英文词组。我趁乱拧头，想寻出一个看似会发出乌鸦叫的嫌疑犯来，但毫无线索，身后的每张脸都充斥着类似的焦躁或麻木，看不出谁有学乌鸦叫的本事或心情。

　　难道真有乌鸦飞了进来？不，不会的。港铁制度森严，之前背着大提琴的学生都会被赶出月台，那乌鸦到了地铁，一定逃不出管理员的手掌心，他们会客气地请它出去，毕竟它自带啄伤人的武器——我愈发确定自己的判断无误，一定是人在学乌鸦叫。可乌鸦绝非讨喜的动物，谁会有这样的爱好，还模仿得惟妙惟肖，并敢在地铁月台高歌呢？这在香港不是常见的事，除非……

除非他是个疯子吧。

这个猜测并非空穴来风。我经常在港岛线遇到疯子，尤其是鱼龙混杂的中环站。例如，戴着耳机大声念诗的古装男子；拎着 LV 手袋、穿着睡袍、举着座机话筒倾谈一个亿生意的胖女人；穿着红色圣诞老人装，四处问人"你有什么愿望吗？我来帮你实现"的侏儒；西装革履却挥舞手臂、对着空气高声骂街的印度人。当然，我不确定他们是装疯卖傻，博得关注，还是真的精神出了毛病，我只是一个比常人多了一点好奇心的人，但不是精神科医生。

"叮——咚——"

这一次，载客的列车终于来了。那是一幢被水平放置、装满人类的楼，顺着轨道在暗黑中穿梭，享受片刻的光明与喘息。安全玻璃门尚未开启，车里被挤到门口的人警惕地望向车外，车外的人则像临开战的士兵，早已养精蓄锐、各就各位、迫不及待。管理员像裁判一般站在双方中间，举起小圆牌，负责地高呼，"请小心月台空隙，请先下后上"等。我身旁的那个妈妈也连忙指挥，"我牵着小妹，小弟跟我身后，大哥和二哥要保护小弟"。

"请先下后上——请小心月台空隙——请先下后上——"在广播与管理员的双重提示下，车下的士兵耐下性子，等车里的人鱼贯而出。好在这是换乘站，车厢里的人几乎全部下空，车下的人松了口气，卸下焦虑，恢复以往的礼貌与友好，逐一踩进去，再次填满空荡的楼。

我在门边的扶手旁站着，身边围了一圈陌生人，他们仿佛被冷气吹低头的向日葵，盯着恒久发亮的手机屏幕。唯有一个女孩在人群中仰头看天。她背对我而立，脖子长，肩宽，裹了一件深蓝色的布制披肩，但肩胛骨那里鼓出来一块，可能是背着包呢。她身旁也站着个女人，看面相不过四十出头，和她差不多高，侧脸蜡黄，嘴唇干燥、起了皮，毛糙的头发被随意盘在脑后，虽然面带温和笑容，但一只手一直紧紧抓住女孩的肩，怕她跑了似的。女人身后还挨着个男人，比她高出一个头，看样子不过四十岁左右，但自来卷的头发几乎全白了，戴着金丝边眼镜，也是不声不息地望向那女孩。从他们的注视中，我看出来他们是女孩的父母，这连成一线的三个人，就是穿着朴素的一家人，没什么奇特。唯一值得我好奇的，就是那女孩的声音。我能听到她仿佛在对着车厢顶说话，却又完全听不清她在说什么。也许是个有语言障碍的孩子，我这样想。就在我眯起眼，打算打个盹时，一声哀号响起——"啊——"，又是那乌鸦叫！哦不，准确来说，是我眼前这女孩，正在学乌鸦叫！

这一次，她身旁的人都条件反射似的拧过头，毕竟大家相互挤着，才隔了几厘米。

"啊——啊——"她继续叫着，头来回晃动，我看不到她的表情，我猜可能是面部痉挛。

她身旁的女人连忙用双手捂住她的嘴巴，男人伸开双臂，将眼前的两人紧紧搂住，好固定住焦躁的女孩。女孩没了声响，但不断地踮起脚，想要跳高。那对男女也不急，依然满脸温和地控制住她，仿佛这一切都司空见惯。

乘客很快失去好奇，又逐一沉浸在自己的世界里，倒是我，总是无法将余光从那女孩身上移走。我在想，她到底是怎么了呢？她的叫声又为何那么像乌鸦呢？而她不断抽动的身体，看上去像是焦躁不安，她会不会患了什么疾病呢？

虽然我经常在港岛线碰到疯子，但很少碰到这样的问题少年，倒是在经过众多公屋的观塘线，碰见过一些唐氏综合征儿童。印象深刻的是上个星期三，我在观塘站上车，对面坐了一排四兄弟，长得几乎一模一样，皮肤苍白，脑门宽又瘪，小圆眼睛，眼角向上挑，鼻孔略微朝天翻，嘴唇厚，下巴上爆满暗疮。但又与我印象中的不同，他们小小年纪，已经人手一部 iPhone，用短粗的手指在屏幕上画来画去，咧着嘴，短着舌头说笑，声音高亢，结结巴巴，听起来有些吵。我一直以为他们是搭伴出来玩，直到最右边那男孩拍了拍他身旁的女人，我才知道，那是他们的妈妈。妈妈和男孩对话时，几乎连头也没回，依旧死死盯着她的手机，自顾自地笑。男孩见妈妈没什么反应，就继续转向他的三个兄弟，颤抖着胳膊，举起手机，脸部肌肉抽动了几下，只听"咔嚓——"一声，他开心地笑了——原来是在玩自拍。

就那样，我看着那四兄弟互相玩了一路的自拍，毫无逻辑地蹦着单词，而他们的妈妈仿佛早就听惯了儿子的吵闹，安静地坐在一边，享受自己的快乐。

"哎呀——"

眼前那女人忽然叫了一声，举起手来，仿佛是被女孩咬了一口，向后一踉跄，踩到了紧紧挨着她的男人。男人也忍不住稍稍松开了胳膊，女孩随即就从他们的束缚中挣脱。只见深蓝披肩脱落，一对黑色的羽翼露了出来！它们不知被谁折叠，羽毛耷拉着，毫无光泽，一条包装礼品时常见的塑料绳将它们捆绑住，就像捆猪蹄那样。

这一下，乘客真的被吓坏了，再也不管什么礼节与友好，尽可能地向周围散去。可车厢拥挤，能活动的空间不多，很快就有人被推、被踩，哎呀呀的叹声响成一片。

女人连忙拾起披肩，将女孩紧紧裹住。这一次，她终于没了温和笑容，皱起眉头。男人稍显不安，但总体还算镇定，挥起手对人群说，别害怕，别害怕……我女儿不伤人，不伤人……

我看到不远处有人偷偷举起手机，想要拍下这幕，我故意闪过去，挡住了那人的视野，但不知道其他角落还有没有镜头射过来。

"我都跟你讲了，让你不要带她坐地铁，你不信……"女人一边搂住女儿，一边拧过头低声埋怨着。

"没事，没事，马上就到，马上……"男人再次揽住她们，保持微笑。

这时候女儿做了一个动作，让我呆住：她望向女人，露出淡淡的笑容，握住了女人的手，再拉过男人的手，三只手叠在一起，她低下头轻轻吻了一下，就像鸟儿啄米那般。就在男女皆露出欣慰笑容，放松警惕时，她猛地甩开他们，揭下身上的披肩，拧成一条，握在手中，像挥鞭子一般抽动着，同时奋力向上跳，嘴里发出乌鸦般的叫声：啊——啊——啊——

"叮咚——叮咚——"

光明的月台景象逐渐驶入窗外，车逐渐停了。

人们纷纷赶着下车，腾出一条道路，女孩抽着她的布鞭子，像赶着一匹隐形的马，跳跃着出去。我本想跟着去，但转念一想，还是不要给这家人带来陌生的干扰。站台人潮汹涌，我完全听不到她的乌鸦叫了。从我这里望去，无声的她，看起来像一个跳着秧歌舞的黑羽翼天使。

人们又纷纷上了车，恢复原有的姿态。我看到男女将她领到角落，一个不轻易被路人看到的地方，男人按住她的肩膀，女人解开绑住她翅膀的绳子，随即绑到她的右手上，下一秒，男人松开了手，她噌地一下，飞起来，头顶着天花板，黑色的翅膀在空中扑闪啊扑闪啊扑闪——

那一刻我又有点后悔，我刚才应该追出去，什么废话也无须说，只用温柔抚摸那纯黑、罕见却并未被善待的羽翼。

但我恐怕没有这个机会了——"叮咚——叮咚——"，车门关上，地铁飞速驶入全新的黑暗中去，我看不到那对翅膀了。

我能再见你一面吗

一

　　手机在裤袋里震动起来的时候，阿芋正在香港文化中心陪客户的千金看冰上芭蕾。她瞥了一眼手机屏幕就摁断了来电，但心思却再无法集中到台上的舞动。来电者是她前男友何森的妈妈——汤阿姨。与何森交往的四年里，汤阿姨待阿芋不差。就算是分了手，她也会在朋友圈里祝阿芋生日快乐。犹豫一阵后，阿芋猫腰摸黑，走出了礼堂。

　　阿芋靠在回旋扶梯边打电话，"嘟——嘟——嘟"的声音让她回想起上一次与汤阿姨通话的情景。那是一周前，汤阿姨急燎燎地问她，"联系过何森没有？他有五天没回家了。"阿芋第一反应是吃惊，接下来才是担心。她知道何森是个恋家的人，大学毕业就搬回家住，没什么大事，不可能夜不归宿。但碍于情面，阿芋清清嗓子告诉汤阿姨，"没有啊，我们很久不联系。"虽然汤阿姨没再追问，但阿芋还是帮着问了几个要好的大学同学。他们有的告诉她，何森好久不跟他们玩，不知死哪了；有的又告诉她何森在做大生意，忙着呢。她不知道该信谁，不过听上去何森没什么大碍，也就没再找汤阿姨。毕竟分了手，她不想让自己尴尬。

"对不起，您所拨打的电话正在通话中……"

阿芋的电话被挂断了。紧接着，汤阿姨的微信就来了。阿芋打开一看，又仔细读了几遍，才敢确认信息里的内容。

汤阿姨打字告诉她：

"阿芋，别费心了，我有阿森消息了。情况有点复杂：他可能加入了金融诈骗集团，骗了客户不少钱，结果被人找混混给砍了，现躺在医院，不知能不能醒……我也要去配合警方做调查了，得了新消息再告诉你，打扰了。"

阿芋不太记得看完信息后的时光，她是如何度过的。但她还能想起，冰刀如何优雅地割过寒冷的舞台，将交响乐扔过绚烂灯光，在黑暗的观众席蔓延，渗透她的耳鼻，融化成灼人的烧酒，一路淌入她的心底，点燃尘封已久的易燃物，像鞭炮一般噼里啪啦乱炸。

从文化中心出来时，阿芋的心已被自己炸出了好几个窟窿，只觉夜风带刺，不断从她心口出入，割出一片深蓝的海。当她望着客户千金的背影消失在敞篷跑车里，再逆着风飞驰后，才终于卸下担子，疲软地靠路灯杆子边，像一条失了水的虾。猛吸几根薄荷烟后，她终于掏出手机，翻开微信，从好友列表里找到何森，点开他的头像看了看。那是一个卡通版的人像，蓬松的卷发堆在黝黑的面颊上，一双圆眼藏在黑框眼镜后，厚厚嘴唇咧着憨笑——那是她刚刚认识他时，用一个 App 给他画的。他一直留着做头像，无论是争吵还是分手，他都没有换掉。

她再点开对话框。那里还留着何森给她发送的最后一条信息：

"我能再见你一面吗？我找到赚钱的办法了，相信我，我肯定能给你你想要的生活，只求你再给我一次机会……"

时间显示是五个月前。

阿芋摩挲着对话框，仿佛摩挲着何森的脸。随后她又觉得这个想象不真实。何森皮肤糙，接吻时下巴的胡子茬会刺得她痒痒。

如果那时她回了他的信息，那他是不是就会告诉她，他那个赚钱的办法是什么？如果那时她阻止他参加诈骗集团的想法，之后的惨剧是不是都不会发生？

想到这，阿芊的心又痛起来。她逼迫自己停下来。她需要强烈的麻痹，才能面对现实。

于是她搜出好友米娅的微信，留下语音：

"在哪里？我不高兴，出来喝酒？"

二

中环兰桂坊的夜晚迷离在半山坡。坡路上的酒吧是倾斜的，搂搂抱抱的男女是倾斜的，跌跌撞撞的酒鬼是倾斜的，就连洒落在地上的情爱、忧愁、空虚，通通都是倾斜的。

阿芊就坐在"Gallery"①靠门边的长形吧台边，远远望见米娅从低处爬上来。一个月未见，米娅又换了发型。齐耳的短发在霓虹灯下泛着铜绿光。娇小的身子藏在松垮的水袖衫里，像蝴蝶精灵一般飘上来。

阿芊与米娅说了何森的事情。

"诈骗？"米娅一边咬着墨西哥玉米片，一边问，"为什么？"

"我觉得是因为我。"阿芊说。

---

① 酒吧名。

那是去年冬天，阿芊与何森冷战半个月后和好，并相约去泰国旅行。在湄南河的轮船上，他们再次因为"钱"闹得不愉快。

"那次玩得也不开心，他总走开去接电话，又时不时地跟我说，要我相信他，他真的在做生意，很快就赚到钱，然后娶我。那天是我们在泰国的最后一天，他忽然跟我说，这次的旅行费用全部都是他垫付的。我一愣，然后说，是啊，等我回去我把我的那份还给他。结果你猜他说什么？他说，要我把他的那份也给付了，等他有钱了再还给我。"

阿芊点了根烟：

"你知道，我也不是那种非要男人养着的人。他家条件不好，所以大学时我一直和他 AA——可这不代表我要一辈子迁就他，甚至养着他。他把我当什么了，取款机吗？"

米娅点头，表示理解：

"那你给他钱了吗？"

"给是给了。但我之后做的一件事令我觉得自己特别混蛋。"

"怎么了？"

"我把钱转给他之后，就跟他分手了。"

米娅没吭声，认真啃着炸鸡腿，阿芊便自顾自地说下去：

"想想我也蛮狠心的。跟他说完分手，他就懵了，不停给我打电话、发微信，一直跟我道歉，但我都不理。他说他不明白我怎么了，为什么这么多年的感情说不要就不要了。我不知道该怎么回答。其实他没什么不好，但我觉得，既然我都从老家出来了，能在香港站稳脚了，那我肯定还能找到更好的。我不想再跟他过 AA 的生活了。我一想到他那穷酸的样子我就……"

米娅吐出最后一根骨头，舔舔嘴巴，大手一挥，打断阿芊：

"过去了就别想了。说不定他根本也不是为了娶你才去诈骗呢。男人嘛，别把他想得太浪漫。再说了，就算你真的回老家跟他结婚了，你也不一定幸福。三线城市的生活，你还想继续过吗？"

阿芊不置可否，自顾自地看着烟头如泪眼般亮着红光。她记得何森第一次来香港看她，她就带他来这里玩——那天是他们的纪念日。何森看了看酒水牌后，点了一杯黑啤，随后对阿芊说，如果以后结了婚，恐怕不能经常带她去这样贵的地方消费，因为他想两个人一起多攒点钱，先在老家交个首付买房。那时她觉得他小气，没点大志。此刻回想起来，这恐怕是一个穷小子对婚姻最纯真的责任感。只是她怎么也想不到，自己竟会逐渐将这份纯真推入罪恶深渊。

想到这，阿芋又忍不住喃喃自语，像是梦呓，又像是忏悔：

"你知道吗？和他分手以后，我其实并没怎么想他。香港那么美，可以爱的人又那么多。工作，社交，金钱，机会，纷纷填满我的脑子。升职成功的时候，我甚至还会觉得，如果不是因为甩了他，我恐怕没有这么好的运气——和他恋爱，费了我太多时间和心思。可今天，我忽然知道他的消息，反而开始记挂他。就算我现在和你说着话，脑子里想的却是他。我依然能看到他的脸，看到他的眼睛。它们无比忧伤地盯着我，跟我说：'我能再见你一面吗？等我有钱了，我就娶你。'说真的，我从来没有像现在这样想念他，关心他。我想知道他过得好不好，想知道他有没有怪我……"

米娅见眼泪挂在阿芋脸上，连忙从包里抽出纸巾递过去。

阿芋接过来擦了擦眼角，又说：

"我想和他再见一面。我也不是想跟他和好，我只后悔没和他好好告别，毕竟他曾是那么重要的一个人……可他还能醒过来吗？还愿意再看看我吗？"

三

阿芋再和米娅相聚的时候，已经是一周后。米娅前一晚发信息告诉阿芋，她忽然想到一个好办法，可以让阿芋再见何森一面。阿芋问米娅是什么办法？米娅卖关子：

"明天下午茶时间，你再来 Gallery，我给你见个人，你就明白怎么回事了。"

星期天下午的 Gallery 没什么生意。米娅一见阿芋，就拉着她一路小跑，穿过打扫桌椅的服务生、立着乐器的舞池，噔噔噔噔地踏上木质楼梯，爬到二楼。那是个阁楼，天花板偏低，两个人都得猫腰走路。

阁楼没有开灯，三盏小圆桌立在昏暗中，而离她们最近的那一盏边，坐着一个男人。他戴着黑色口罩，一双眼深凹在眉骨下。这眉眼令阿芋感到熟悉，只是想不起来是谁，直到米娅走上前，摘下他的口罩。

"啊……"阿芋欲言又止，她对着那男人尴尬地笑笑，转脸把米娅拉到一边：

"这不是你给我看过照片的那个……在铜锣湾艳遇的……来香港旅游的日本小鲜肉？"

米娅点点头：

"就是他啊！你还记得？"

阿芋翻了个白眼：

"当然了……你俩约会把我叫来干吗？"

米娅斜嘴一笑，一转身，一扬手，"唰——"，那张英俊的脸皮就从男人头上被扒下来，而依然立在脖子上的那张脸，瞬间陌生——阿芋吓得捂住嘴，连忙往后退。

男人见状立马站起来：

"小姐您别怕，请允许我自我介绍——"他一胳膊90度摆在腰间，另一胳膊笔直贴在裤子边，对着阿芋浅浅鞠了个躬。绅士的行为令阿芋稍稍放松警惕。

"我是完美恋人演绎馆的5号先生，Jason，这是我的名片——"一张淡粉色的桃心形卡片被递到阿芋面前。阿芋接过来看，上面的文字信息与男人说的相符，还印着一串地址和联系电话。

"我们公司的创始人是特效化妆师 Martin Wong，您听说过吗？没听说过也不打紧，您可以上网搜搜，有他的简介。香港电影业越来越不景气，您也知道，为了更好地生存，Martin 就与 Perfect Match 婚介公司合作，开了一个工作室，为那些想要和心目中完美恋人约会的人提供服务——"

"简单来说，就是你可以把何森的照片传给他们，然后他们就能想办法给你弄出一张与何森无限相似的仿真脸皮来！"米娅忍不住在旁边帮嘴，"除此之外，还能给你找一个与何森身材最相仿的演员来扮演他，和你见最后一面——圆了你的心愿，免得你总惦记着！"

"米娅小姐说得很对，我就是她约来的日本男朋友——阿里嘎多，爱喜爹鹿！"男人模仿日本人的方式对着阿芋连连鞠躬。

阿芋听明白了。她看看米娅，又看看那陌生的男人，什么也没说，拉开椅子，缓缓坐下。昏暗中，阿芋仿佛又看到了何森，看到他胡子拉碴，一脸沧桑，穿着血迹斑斑的病号服，戴着手铐朝她走来。

"我能再见你一面吗？"何森喃喃说道，"等我有钱了我就娶你，好吗？"

四

在"完美恋人演绎馆"的官方网站上填写了客户资料、签署了保密协议，上传了何森的照片、视频乃至音频，并支付了一千港币的订金后，阿芋在星期一下午收到了一个女人的来电。

"您好，请问您是林芋小姐吗？"女人的声音轻缓温柔，让人难起戒备。

"是我。"

"我是完美恋人演绎馆的客服专员 Karen Chan，工号是 0901。按照公司规定，我需要在开始服务前与您核对个人信息。为了保证我们的服务质量，这通电话内容将会被录音。若您清楚明白，请于'嘀——'一声后按下'#'号键，好吗？谢谢。"

阿芋照做了。

顺利与 Karen 核对完信息后，阿芋接受了长达十分钟的对答访问。在一问一答间，阿芋清楚阐述了她与何森的交往、冷战、分手、绝交，直到再收到他坏消息时，想要再见他一面来完美告别的执念。最后，她从"浪漫约会""甜蜜游玩""恶搞派对""日常偶遇"中，选择了最后一项作为见面类型。

"林小姐，您的资料我已经全部输入到完美恋人演绎馆的后台软件里，三天内，我们将会为您挑选出最合适的演员。而有关'恋人间最后告别'主题的'日常偶遇'，将会在其后的一周内完成。请问对于这方面内容，您还有什么想要咨询的吗？"

阿芋想了想：

"如何保证你们找来的人能完美出演我要的何森呢？"

"是这样的，根据您刚刚填写的调查问卷，我们的表演培训师会为当日演员设计最符合何森先生的角色背景、剧本大纲、场景设计及人物对白。而我们公司签约的演员也都是曾与 Martin Wong 合作过的专业人士。以他们即兴演出的能力，一定能为您提供一场完美偶遇式的告别。"

听上去不错。当然也有夸大其词的成分。不过想起那个扮演日本大学生的男人脸皮，阿芋又觉得它逼真如梦。尽管这一次"偶遇"就要花费阿芋 5000 港币，但如果能了结一桩心事，也值得。

"支付方法是怎么样呢？"阿芋问。

"当'偶遇'结束后，您将会收到一条系统消息，点击信息里附带的网址后，您就算确认完成了此次服务。在这之后的 24 小时内，您只需于完美恋人演绎馆的官方网站上进行线上付费即可。如果您对于我们的支付方法没有异议的话，请在'嘀——'一声后，再次按'#'号键，谢谢。"

试试吧，阿芋鼓励自己，按下了"#"。

那一瞬间，她有一种莫名其妙的放心感。仿佛挤压许久的内疚，就在下单的这一秒，化成氢气球，飘远了。

三天后的早晨，阿芋果然收到了来自完美恋人演绎馆的短信：

"林小姐您好，我司已为您寻找到匹配何森先生个人资料（包括年龄、身高、三围、脸型、声线）的演绎专员，并会在接下来的一周内完成您预订的'偶遇'服务。请您密切留意，谢谢配合。"

"密切留意"这四个字引起阿芋好奇。虚拟的何森会以怎样的方式出现在自己眼前呢？见到他，她该说些什么呢？这令她犯了难。为了给自己留下完美的告别，她一有空就在网上搜索一些与"偶遇"有关的视频，并对着自拍镜反复练习：

你好吗？还好。停顿。微笑。欸，你怎么来了？眨眼。挥手。好久不见啊！张开手臂，拥抱。低头，叹气，摇头，唉，你知道吗，我一直很想你。停顿。微笑。你好吗？还好。嗯。好的。如果你好的话，那就好了。微笑。沉默。

每当行走在公共空间，阿芋的余光便不敢闲下来，生怕错过了那张何森的脸。

过分用心反而让阿芋陷入一种类似于失恋的状态。无论是开会、见客、做企业策划，甚至是睡觉，也心不在焉，像处于风雨欲来前的阴天，浑身不自在。为了调整自己，她那天喝了伏特加才睡。梦里，她仿佛回到了老家，站在贴满小广告的破旧公交车站等待。一辆冒着乌黑尾气的中型巴士扬尘而来。布满污渍的车窗边，她看到何森。他穿着大学篮球队的训练服，戴着耳机，眯着眼，靠在栏杆边打盹。

"何森——"她在梦里唤他，他听不见。她小跑过去，对着窗户挥手，"何森——"他还是不理。车开起来了。车窗也向前移动。"何森——"她在自行车道上就跑了起来——"何森——"她一路跑一路喊，但车开得越来越快，她看不到他了，他消失在梦里。

闹钟吵醒了她。早上九点了。她擦干眼泪，囫囵梳妆，冲去上班。这一切快结束吧。她想着，何森，让我再见你一面，我们就两不相欠，相忘于江湖吧。

祈祷起了作用。那天中午，阿芋终于再次收到来自完美恋人演绎馆的短信：

"林小姐您好，请您明天早上九点在炮台山地铁站月台第 5 号车厢门口等待，您会有意外惊喜。"

那天晚上，阿芋怎么也睡不着。又不敢喝酒，怕睡过头，也怕第二天水肿。数羊吧。一只羊，两只羊，三只羊。一个何森，两个何森，三个何森，四个何森……

醒来的时候天才刚亮。阿芋精心打扮，穿了何森曾经说最喜欢的一条裙子——柠草黄色的背带裙，并用电发棒卷了卷齐肩的棕色头发。敷面膜的时候，她打开 iPad，鬼使神差地，登录上了许久不用的人人网，找到大学时建立的加密相册，那里存满了何森与她的照片。

那时她还蓄着齐刘海，离子烫的长发笔直地贴在后背，穿糖果色 T 恤，牛仔短裤。对着镜头与何森接吻。她想起他们第一次接吻。在学校走廊的拐角，她还在叽叽喳喳说着什么，何森越看她越呆滞，紧接着他的嘴唇凑过来。她感到胃在燃烧。短暂的几秒后，他们谁也不说话了，手拉手走着。她的胃被羞涩填满了，鼓鼓胀胀的。此刻，她尝试让自己的胃再燃烧起来，以至于见到何森的时候，能给自己画下完美的句号。但酝酿一阵，她只感到肚饿。

八点半的炮台山地铁站人潮汹涌。那是一个换乘站。从九龙、新界居民区来的人常在此站汇合，通往经济发达的港岛。而阿芋的公司就在炮台山的金融街上，一栋甲级商务大厦里。

为了不影响工作，阿芋前一晚就跟公司请了半日病假。她给自己留足了告别的时间。人来人往，何森还没有出现。她对着自拍镜温习微笑。

九点差十分的时候，阿芋忽然收到完美恋人演绎馆的电话。

"林小姐早安——"Karen在电话里说。

"早安。"阿芋紧张四顾，"何森在我附近吗？"

"林小姐，非常抱歉地告诉您，出演何森的演员昨晚发高烧，今早完全失声，无法与您进行'偶遇'。真是太不好意思了，不过您千万别担心，我们会尽快安排新的演员与您会面，好吗？"

阿芋愣了。

"喂？林小姐？"

阿芊挂断了电话。

一辆列车呼啸而来。玻璃安全门开启，新的人流从车厢里涌出来。

望着乌泱泱的人群，阿芊感到无比失落，就像飘在空中的气球被地上的人打了一枪，一秒泄气跌下来。这感觉令她忍不住自责。太傻了，她想，怎么能全心全意寄希望于这种虚拟的偶遇呢？你以为见到一个化身，就可以撇清所有责任吗？顶多是一场游戏罢了。林芊啊林芊，身为一个商人，你居然让自己的内疚被消费了一把。

列车关门，再次启程，阿芊也走了起来。为了让自己迅速从失落中走出来，她一边走着，一边点开邮箱——搁置了一整晚的工作邮件都在等她处理。

就在阿芊即将走进通往出口的电梯时，她的胳膊被拽住了。她顺势一回头，一张熟悉的脸出现在她视线的斜上方。

那一秒，阿芊僵住了。什么微笑，什么对白，什么拥抱，她通通忘记了。世间万物在那一秒凝固。她感到自己的一切都在下沉，从额头，到眉毛，到面颊，再到嘴角。她想张开嘴，叫出那个在噩梦里出现多次的名字，那个在四年的日夜里都曾被她挂在心头的两个字，但是却动不了。她感到自己成了一棵枯树。

眼前的脸却不那么僵硬，他见她不言语，倒轻轻一笑——厚厚的嘴唇咧开。她这才仿佛被施了咒语一样，活了过来。

"是你吗？"阿芊轻轻问他。

他点点头，蓬松卷发顺势在脑门上抖了抖。挂在鼻梁上的黑色镜框有些旧了，胡子茬还是那么显眼，像总也剃不干净似的，黝黑的面颊上有轻微的痘痕，他总自嘲说那是青春的痕迹。

太像了，她想着，真的太像了。她禁不住伸出手来，差一点要碰到他的脸，被他打断。

"我来香港办点事。"他忽然开口了。

"什么？"她还没回过神。

"你听说过 B1B 保险公司吧？我在那里工作，今天刚好来香港分部开个会。"

"喔……"

阿芊这才注意到，何森改了装扮：宽厚的肩膀被银灰色的西服束缚，笔挺的西裤配尖头牛皮鞋，令他看起来更高大。

"来的时候我还想，会不会碰见你呢，真是心想事成啊。"他笑起来。

这憨厚的笑声令阿芊犯迷糊。这到底是真的何森还是虚拟的？为了掩饰内心的疑虑，她只能也跟着笑了笑。

"你怎么样啊?"说着他看看表,"还在九龙湾上班?"

"没有了。"她摇摇头,"我换了新公司,就在炮台山。"

"那我们还蛮近啊,我准备去北角,那边有个 B1B 大厦,你知道吧?"

她点点头:

"怎么会不知道呢? 我们就隔了半站。"

"那我送你去上班吧,然后我再走着去北角。"

何森真诚地盯着阿芋,她感到这双眼太熟悉了,眼神仿真到吓人。

两人并肩走起来。穿梭在人流中,阿芋刻意让自己走得慢一点,她想从何森的背影与走姿里分辨真假。但看了几眼,她却忽然发现,自己根本想不起回忆中的何森,与此刻的何森,究竟有什么分别。她只好加快步子,走回何森身边,采取另一种方法:微微侧头盯着他,持续了几秒 —— 何森毫无察觉。

不,他不是何森。阿芋想。每当自己凝视何森的时候,他都会有所回应,立马回过眼来与她对视。

对,他只是演员,若是何森,绝不会像此刻这般洒脱。

这么一想,阿芋放松下来,享受着与虚拟何森并肩行走的感觉。不远不近的距离让她仿佛回到了与他第一次约会的情景。那时他们还只是最好的朋友。那是在老家的长江大桥上，他们逃课出来，吹着江风，看着车辆匆匆往来，对着灰蒙蒙的天空许愿，一定要一起离开那所破大学，离开这个灰头土脸的城市，到一个阳光灿烂、天蓝水绿、遍地是金子和机会的好地方去。想到这，她觉得梦想的生活其实已经实现，只是梦中人被改写了命运。

"对了——"何森忽然侧过头，吓了阿芊一跳。

"你怎么总是一惊一乍。"阿芊笑着瞪他。

何森挠着脑袋，一脸尴尬：

"我妈还说呢，让我跟你道个歉。"

阿芊一愣，笑容凝固。

何森接着说：

"她之前不是找你吗，说什么砍人啊，诈骗啊，你可别信，那都是她瞎编的。"

"瞎编的？"

"是啊。我最近交了个女朋友，她说什么也不喜欢。那天我们吵架，她就说，要想办法把你给弄回来。结果她就跑去骗你，哪知道也没等到你回来，就心虚跟我坦白了。我当时就说她，打扰你干吗？你在香港忙得天昏地暗，回头影响了工作，拿不到签证，没法留港，这责任谁负？她一想也是，就让我赶紧跟你解释。我这不是怕影响你工作嘛，也不知道该怎么开口。还好今天碰见了，一次性都给说清楚了。我妈这人也不坏，人老了有些任性，你千万别往心里去。"

阿芋连忙摆手：

"怎么会呢？汤阿姨对我那么好，再说，我一直也不信，我就知道这些事不会砸到你头上，真的。我就知道，你肯定能赚大钱，娶个好老婆。"

何森听完哈哈笑起来，阿芋也跟着笑，使劲笑。

阳光从远处射进来。他们已行至出口。人流停滞在斑马线前，红灯在对面亮着。

何森又看看表：

"你往哪边走？"

阿芋指指前方：

"我公司就在对面了。"

何森点点头：

"那行，那我往那边走了。"他指了指左边。

"去吧。"阿芋对他微笑。

"那……再见了？"

"嗯，再见。"

何森与阿芋相视一笑，他转身离去，她还没有。她忍不住看着他的背影，依然希望能从中看出一丝破绽来。

绿灯亮起，阿芋这才收回目光，向前走去。人潮从四面八方涌来。望着密密麻麻的陌生的脸，她忽然觉得，刚刚遇见的，恐怕真的是何森，一个对过去释怀，对她再无爱也恨，甚至一丁点责怪、怀念也不存的何森。可这是她想要的结局吗？她忽然期盼手机能在此刻震动起来，她希望能收到完美恋人演绎馆的确认信息。那信息应该是这么写：

"林小姐，您的'偶遇'服务已完成，是不是很惊喜？"

红灯再次亮起，阿芋已经走到了街对面。她感到一种全新的情绪取代了她之于何森的愧疚，令她觉得此后的她不再是她，何森也不再是她记忆中的何森。那是什么样的情绪呢？她想不到形容词。

不过，她决定先不去想——病假还剩下两个小时，可得好好利用。于是，她在街角拐弯进了星巴克。

当摩卡咖啡的奶泡爬上嘴唇时，阿芋终于找到合适的词汇来形容内心的感觉——那恐怕是爱情彻底消散后的、无穷无尽的空白。

螺丝起子

一

　　住在九龙城区康乐邨康乐楼五楼的女人跳楼了，化作一缕夕阳，洒在水泥地上。彼时来往街坊众多，与草丛弥漫的蚊子一道，迅速拥住她，人声嗡嗡，眼神炙热，和着救护车的呜呜，由远及近，一齐将那枯花般的肉体移上担架，再举上车，关了门，人才逐渐散了。地上那抹夕阳却没有，它如逐渐浓烈的夜色，在整个康乐邨渲染开来。那一晚，大多数街坊都陷入了莫名的哀悼中。

　　然而，那女人还没死——这如一只从天而降的靴子，砸醒沉睡于悲伤的街坊，他们前赴后继地挤在管辖康乐邨的区议员办事处里，在"为民请命"的牌匾下，沸腾着扼住死神的决心——这已经是四个月来的第三宗跳楼案了。

可惜，议员又不在。

"大家静一静……不要紧张嘛……我们会有相应的措施，会有的……"

被人声烧得正旺的，是议员助理阿勤，他二十岁出头，娃娃脸，戴金丝边眼镜，嘴唇薄，语速快，一半嘴应对街坊上访求助，一半嘴接听街坊热线，抽空上门修电脑、整厕所、换电灯胆……不在话下；两年如一日，憨笑着推荐康乐邨的最新活动：长者免费理发、中秋节派粽子、北上亲子游等。"没有登记做选民？不要紧，我现在就帮你填登记表格，你签字就好啦。"——一脸诚恳，百试不爽。街坊常笑说阿勤是议员最得力的手——议员负责提出有助康乐邨发展的一切议案，而他就是负责实施的那双手。

在沸腾的背后，有一张桌子，和一台老旧的电脑，将茉莉——这个二十天前才出现于议员办事处的暑期工隔离开来。她咖啡色头发凌乱，披散在柿饼脸颊旁，一对眼细长，眼神游移在电脑屏幕上，双臂黑瘦，手在键盘上敲敲打打，对面前的人声鼎沸充耳不闻，沉浸在脸书的世界里：

玛丽莲一小时前发了照片，她坐在满是白人的咖啡厅里看书，定位显示"英国伦敦"；特蕾莎三小时前发布短片，记录她与美国男友布置新公寓的过程；二十分钟前，阿利克斯西装革履，去了中环某金融公司见工；半个钟前，初为人妻的莫妮卡，收到了老公送给她的最新款的手袋，那个 Prada①的烫金标志，在照片里格外闪耀……

茉莉用力地给每个人点赞，以表她的不嫉妒。

茉莉本不叫茉莉，她是随母亲来了香港后，才改了这名字。起名者是她的继父——比母亲老了二十岁的男人，矮个子，结实得很，本是地盘佬，一次工伤后瘸了左腿，唯有四处打散工——声称茉莉这名字可旺他的财，还野蛮地冠上他的姓。茉莉曾求过母亲，可不可以不要改名？母亲却说，人在屋檐下，不能不低头，再说，茉莉这名字，也是很适合女孩子的。

没办法，茉莉唯有戴着这名字上路，宛如绑了一坨巨石，被无限地堕入深渊。

一进新中学，班主任就这样介绍她："让我们欢迎刘茉莉同学，一朵来自中国内地的茉莉花！"说罢，她率先鼓掌，带起掌声一片，哗啦哗啦，仿佛风拍麦浪。茉莉迎风，羞涩走向新的座位，而同学们的窃窃私语，仿佛风中的雨点，斜斜砸在她脸上。

---

① 普拉达，著名奢侈品牌。

不知是谁起的头，课间一有人经过茉莉，就捏起鼻子，诗朗诵一般，用蹩脚的普通话唤"茉——莉——花——"，引起哄笑。

没过多久，另一个同学带来他的见闻：邻居娶了内地婆，喜欢早上开着窗户练曲子，她是这样唱的——

"好一朵美丽的茉莉花，啊！好一朵美丽的茉莉花……芬芳美丽满枝丫，呀！又香又白人人夸……"

这真是太有趣的曲子了，同学们争相学起来。他们围住茉莉，仿佛围住一团被燃烧的柴火，唱啊，跳啊，欢呼着。

起初，茉莉会与唱歌的人发生争执，但寡不敌众，她越生气，歌声就越嘹亮，渐渐地，她换了办法——跟着那些人一起唱，声音高亢，神情不逊，推搡着对方，步步逼近，仿佛一个咆哮的战士，过关斩将——一曲完毕，围观的同学逐渐散开，忽然，一只手搭在茉莉肩头，她回头一看，是班主任——正一脸惊讶地望着她，仿佛望着一个怪物。

第二天，班主任把茉莉继父叫去谈话了。

谈了什么，茉莉不知道，只知道回家的路上，继父走得很快，瘸腿一颠一颠，像一只孤帆，在风浪中剧烈摇摆。

茉莉什么也不敢问，紧紧跟着继父，走出校园，过

了马路，绕过街市，再拐了个弯，进了他们居住的蓝天
邨，继父猛地一回头，一个耳光甩在她脸上。

茉莉顾不上疼，眼泪就已经下来了。

那时是傍晚，四周围沉浸在一片海蓝中，来往街
坊似鱼，而她却仿佛被鱼钩钩住的一条，无力挣扎，淌
着血。

紧接着，继父又走起路，他一路走还一路骂，都是
她似懂非懂的粤语粗口。

茉莉曾下决心，一考上大学，就离家出走，再也
不要看见她继父——母亲一听到这个想法就吓破了胆，
低声咒骂茉莉是白眼狼，狠狠剜她几个白眼，没收她存
钱罐，直到她最近考完DSE①，才又给她零花钱。可DSE
一发榜，茉莉就颓了，她英语和数学都没合格。完了，
她想，怎么办呢？如果不能去大学住宿，那她就要继续
在这个贫民窟里待下去，真是要成一朵没见过世面的茉
莉花了。

好在母亲早早就帮茉莉找到了出路——她央求教
会里的朋友给茉莉找一份工，做什么都好，只要给她一
些工作经验，让她有生存下去的根基。教会里很多和母
亲差不多经历的人，经中介介绍，背井离乡，嫁来香

---

① 中学文凭考试。

港，命好的，遇着心地好的男人，日子便好挨些，要是遇上有个把嗜好，或脾气暴的，那就惨了，日子成了钝刀子，一把一把地割着脖子——母亲就是后者。可怜人的求助总是一呼百应，很快，时常混迹于各种新移民协会的何太带来了好消息：

"区议员助理，暑期工，做得好可以转正，一个月九千，也就打杂，发传单……"何太绘声绘色。

母亲不懂什么议员，不过她见过，在电视节目里，街边的横幅上，信箱里的区议员宣传单中，总有他们的样子，喜穿 POLO 衫，一身正气；逢年过节，照片里的议员就活了，当真来家中探访，送粽子、礼包，拉着她合影，和颜悦色。这应该就是地方官吧？母亲心想，也好，让茉莉跟了官，总能有些福利拿。

茉莉向来瞧不起母亲的建议，但听说有九千的人工，心动了。有了第一份工，就不愁第二份，慢慢储点钱，便能离家出走。

但很快，茉莉便为母亲的愚蠢而恼火。

这工作把她终日困在 200 呎见方的议员办事处，为那些比自家更穷的可怜人处理琐事，填写各式各样的低收入津贴申请表格，还要在毒辣的日头下开"街站"，扛着几杆印有议员头像的大旗，将它们一一捆在路边，再在旗下派发区议员的宣传单，一站就是两个钟，简直辛苦过地盘佬。

唉，母亲总是这样无知——在这种贫民窟里工作，怎能有好前途呢？茉莉暗下决心，等攒够三个月的工作经验，就跳槽——一有了骑驴找马的心，消极怠工、上网打磨时光便不在话下。

二

"叮——"一声，脸书传来提醒：好友杰克斯发来照片。

茉莉瞬间两眼放光——那是一个车钥匙，摆在杰克斯的手掌里，手腕上戴着一款表。

茉莉保存照片，再放大来细细研究，确认那是劳力士时，她感到一阵晕眩。

虽然一次也没有见过杰克斯，但茉莉坚信，这就是她寻觅了多年的 Mr. Right①。他们相识在脸书上的"月入50K"小组，最初吸引茉莉的是这样一个帖子——讲述了一个二十六岁青年，如何在中学毕业后，自学金融，加入金融机构，一步步成为资深理财师，下面还附了发

———————
① 真命天子。

帖人的照片：一个高大背影，西装笔挺，凭栏远眺，远方是望不尽的"石屎森林"，立于海上——而这一切，全部被踩在他脚下一般，他简直成了城之骄子。

冲着这份迷人的骄傲，茉莉主动加了发帖人杰克斯为好友，认真看过他的相册后，愈发对他刮目相看——时常出没于尖沙咀的海景酒店，参加各式各样的酒宴，与金融才俊、佳人觥筹交错，尽管每张照片都只有他的背影或侧脸，但放大照片就能发现，他的背包、钱包或皮带，总有一样，印着不同奢侈品的标志。这些标志，茉莉坐巴士经过尖沙咀广东道时就能见到，它们被华丽的店铺举到空中，印在外国模特儿的脸庞边、身体旁，在阳光之下，熠熠生辉，但茉莉从不敢进入那些标志下的店铺，偶有几次在那条街行走，望见店铺橱窗被擦得锃亮，窗后站着几位优美而高大的塑料模特儿，它们摆着高傲的姿态，目中无人——那对茉莉而言，是只可远观的美丽，可杰克斯却有办法，让它们宠物一般乖乖待在身边——那一刻，茉莉决定，一定要成为他那样的人。

于是，茉莉与他主动搭讪。一聊才知，这位骄子，过去有着和茉莉相似的经验，例如，茉莉说她英语很烂，不然的话一定能考上大学，他说他也是；茉莉说她父母离婚了，童年不太快乐，他说他也是；茉莉说她恨自己的继父，那是个无耻混蛋，渴望攒钱搬出去租房子，他说他也是，所以他才那么努力赚钱呀；茉莉说她觉得穷是没有能力的象征，真正有能力的人是不会穷的，他说他也是——正是如此，他才自强不息，跻身金融圈。一来二去，两人聊了一夜，那一夜，微妙的爱意像初生的病菌一般，在茉莉身体逐渐蔓延，至今，她已觉病入膏肓。

"是新买的车吗？好劲！"茉莉很快回复了杰克斯，迫不及待表示着自己对他的崇拜了。

"还好啦，比起其他同事，差远了。"

杰克斯总是那样谦虚。

"你呢？今天工作还好吗？"虽然杰克斯很忙，但他时不时会为茉莉送来关心。

"唉，昨天有人跳楼，今天街坊全来了，忙死了……"茉莉谎称繁忙，是为了不让杰克斯看扁自己，"你就好啦，有那么好的工作。"继续羡慕着。

"你想换工作啦？"

"早就想换了。"茉莉回答，"你知道的，我被我妈骗了……"

"也不能这么说啦，你妈也是为你好，这份工还能让你接触很多不同的人。"杰克斯耐心劝解。

"哈，我可不想认识这里的人，都是些可怜人。"茉莉发完这句话，又抬眼瞧了眼那堆街坊，他们吵吵嚷嚷，七嘴八舌，完全不听阿勤指挥，各抒己见。"可怜人啊，必有可恨之处。"打完这句，还没来得及发送，就感到有个人影，跌跌撞撞入了她的余光，且逐步逼近，她抬头一瞥，与那眼神撞个满怀，立即被吓住——准确说，是被其中一只眼盯住了，它昏黄无光，却又精准无误地瞄准前方，像一只嵌在人脸上的猫儿眼，鬼魂一般探测一切，而另一只则是活的，白底黑仁，左右游动，扫过那群围着阿勤的街坊，落在了眼下电脑桌后的茉莉身上——她的魂仿佛被那只假眼摄去了。

"小姐，请问李议员今日在吗？"假眼的主人说话了，他秃头，脸圆，但没什么肉，腮帮的皮微微向下耷拉，嘴唇发乌，和皮肤一般暗沉，四肢枯瘦，仿佛一杆病树，肚子凸了出来，似生在枝丫上的马蜂窝；但声音是洪亮的，奋力穿透办公室内的嘈杂，跃到茉莉耳里。

茉莉不敢直视这骇人的面目，侧着脸，伸长脖子，想找阿勤求助，无奈他被人群淹没。

"小姐？"见茉莉犹豫，老人着急了，补充了一句："我有急事找她！"

这不由分说的语气叫茉莉不得不回眼一瞧，望见老人那只活着的眼，已急得渗出了泪，只好答道："他今天不在……请问有什么可以帮到你？"

"啊……"老人一听，瞬间黯然失色，低头叹气，转身欲走，又想起什么似的，坚定了神情，随手拉过一把椅子，在茉莉面前坐下来：

"那就麻烦你帮我写封信吧！"

紧接着，他从裤子口袋里掏出一张折叠成方块的信纸，逐步展开，摆在桌上，推到茉莉眼前。他的双手生了不少老年斑，皮肤软绵，指甲却肆意生长，藏污纳垢，发了黑。

"这张纸上写了我的情况，之前也跟李议员说过，他说你们可以用议员办事处的身份，帮我出一封信……"

茉莉在那只假眼的注视下，接过信，好奇心促使她迅速默读起来：

> 本人王富，现年七十五，已与妻子结婚五年，但她却迟迟未能申请到单行证来港，我已多次申请，却一直没有结果……

"我跟我老婆结婚，年年都给他们家好多钱，五年了啊，单程证还不批，她到现在都不能来跟我住呀……"还不等茉莉看完，王富就诉起苦来，"我右眼失明，几年前还中了风，现在静脉曲张、肠胃有病，还有高血压，就等着老婆来照顾我……"他声音愈来愈弱，竟当着茉莉面抽泣起来。

"哦，对了，这是我老婆的内地身份证复印件。"王富从兜里掏出另外一张纸，又用那发黑的指甲，拈起它，放在茉莉眼前。

茉莉接过一看，纸正中印着张黑白色的身份证，像是一个平面的棺材，将一个叫作李霞的女人关在里面。她梳着马尾辫，脸圆圆，五官看不清，但嘴角微笑，端正地望着茉莉。茉莉看了看她的出生年月——下个月就该满四十五岁了。

"小姐，求你呀，要同情同情我，帮我好好写一封信，寄给我老婆那边的入境处……或公安局什么的？我也搞不清，总之要麻烦你们才行，麻烦你们救救我，不然呀，我老婆就要跟我离婚……"王富还在说着，左眼几乎要渗出浑浊的泪水，右眼却无情地勾着茉莉。

茉莉听着，却毫无怜悯，连最初对他假眼的畏惧也没了，不知怎么，她望着那王富泛着鸡皮的脸，仿佛望见了和他一样苍老的继父。

"小姐，你看你最快……"王富见茉莉面无表情，忍不住追问。

"我会帮你的了。"茉莉打断王富，将资料收入抽屉，"你回家等通知吧。"她故作平静，心中却烧着一把邪火。

　　见王富仍杵在她面前，欲言又止，她就学着阿勤平日打发街坊的样子，露出一个官方的微笑，向王富身后望了望，说了一句：

　　"如果没有什么其他的事情，就麻烦你先回去，还有其他的街坊需要帮助。"尽管王富身后并没人排队。

　　王富听出了茉莉的不耐烦，点了个头，缓缓转身，驼着背，拖着一双瘦弱的腿，像一片飘在风中的枯叶，逐渐消失。

　　直到望不到王富的背影，茉莉才又打开抽屉，望了望那张纸上黑白色的李霞，仿佛望见了年轻时的母亲，心里对她说，放心吧，我不会推你进火坑的。然后，她拎起纸，一挥手，扔进桌下的碎纸机里。

　　"嘎吱嘎吱——"碎纸机仿佛饿了的野兽，吃得欢畅。

三

　　下午一点，午休时间到。

　　阿勤一边说些客套话，哧哧笑着，逐一将街坊们打发走。

　　"慢走——"他挥着胳膊，待最后一个街坊消失在转角，立刻将头顶的铁闸"唰——"一声，拉到底，一个转身，从口袋里掏出烟，点燃了，叼在那张又薄又小的嘴里，猛食一口后，发出一声长长的哀叹："妈的，终于清静了。"说着，转身走进厕所，打开小窗和排风扇，坐在马桶上，享受这一支恨了一个上午的烟。

茉莉也起身，拿出冰箱里的午餐盒，放到微波炉里加热，心却系着杰克斯——被王富打断了对话后，杰克斯就一直没有回复。

"要我说那女的就是蠢。要死就去天台跳嘛，三十楼，一落地，即刻死。现在倒好，死又死不到，还给我添麻烦。你说她该不该死？"阿勤的娃娃脸皱成一团，愤愤地说，被排风扇一搅，恶气散开来。

茉莉听在耳里，却没理会，她在想，要不要再发一条短信给杰克斯？

"呵，黐线……街坊说要搞法事驱鬼，一场西式，一场中式，还要我即刻写成计划书，发给老李……"阿勤继续在厕所里碎碎念。旁人不在的时候，阿勤就会叫李议员老李，两人是酒友，更是烟友。

发吧。茉莉鼓励自己，有个网络作家不是说过嘛，在爱情面前，谁还要脸？

"你猜老李看了计划书，怎么说？呵，他居然要同街坊一起癫！要我立即去搞法事！顶，要搞他自己搞啦，什么都叫我做！唉……"阿勤吐出最后一口烟雾，走出了厕所。

好，就这样！茉莉下了决心，也不理微波炉中的饭盒，快步奔向电脑——

"丁零零——"

电话突然响了，像是刚做完亏心事就被鬼敲门似的，阿勤和茉莉都惊了一跳。

"顶你个肺——"阿勤骂了一句，转脸嘱咐茉莉，"午休时无论几多电话你都别听，一听就惨了，以后可别想午休了。"

茉莉敷衍地点点头——她一向看不起阿勤，明明读过大学，却安于在贫民窟工作，和杰克斯的雄心大志比起来，简直轻如鸿毛。

"你——在——干——什——么？"

茉莉敲完了这个问题，正要发送，刚好收到了杰克斯的信息：

"不好意思，我刚刚和客户开户去了，现在才忙完。"

简直心有灵犀一点通啊！茉莉激动着：我就知道！杰克斯不会故意不理我的！

她连忙删了刚才的消息，开始了全新的对话。

"什么客户？"

"一个想买理财产品的老板。"

"什么老板？"

"一个山西来的老板，买了个几十万的保险。"

"哇，那你有不少提成吧？"

还不及茉莉将这个问题发出去，杰克斯又发了一句，这一句，差点令茉莉尖叫起来：

"对了，这个老板给了我两张商业晚宴的邀请函，不知你想不想跟我一起去呢？"

犹如一千只蝴蝶扑扇着翅膀，从茉莉耳边飞过，她感到一阵不真实的晕眩。

对着那蓝色背景的脸书对话框，看了一遍，又看一遍，茉莉确定没有看错后，内心才真的澎湃起来。她一闭眼，就望到了这样的画面，西装革履的杰克斯，站在尖沙咀街头——就是那条满是亮闪闪名牌标志的街，左顾右盼，等待着她的到来；她呢，着一袭高贵的晚礼服，样式还没有想好，但一定要黑色，只有黑色才能代表出香港人心目中的高贵，踩着一对细跟高跟鞋，庄重而妖娆地走到他身边——

呀！

茉莉噔地睁开眼，画面瞬间消失，她情不自禁张大嘴，一个大难题好似鱼骨一样，牢牢哽住茉莉咽喉：

她根本就没有晚礼服呀！

怎么办？正在茉莉犹豫时，杰克斯又发了一条信息：

"那晚应该会有很多老板，说不定可以介绍更好的工作给你喔！"

四

午休一过，时间就充满了瞌睡虫，直叫人昏昏欲睡。

阿勤忙着制作法事的宣传文件，也要接待上门的街坊，根本没空理会茉莉。若是平时，茉莉定借此机会，靠在墙边，悄悄打个盹，可今天，她的大脑高速运转起来。

茉莉不断搜索脸书里的好友，寻找可以找其借钱买晚礼服的人：

黛安娜吗？她是茉莉的中学同学，爸妈在广东做生意，发达了，现在一家都从佐敦搬去九龙塘住豪宅，她肯定是有钱可以借的，不过……算了，上次见面，黛安娜就一直炫耀自己要出国的计划，再见面实在是自寻尴尬……乔伊斯？嗯，她家也算小资，住得起淘大花园，不过……父母很严，打个电话过去都要刨根问底……婷姐？她嫁了个有钱老公啊！啊，不行……她有点大嘴巴，万一告诉母亲……

茉莉不断刷新脸书动态寻觅猎物时，一条最新动态弹了出来：

"今晚爸妈不在家，一人偷吃麻辣火锅，哈哈。"

发送者是茉莉相识两年的网友，小眉。

茉莉与小眉，通过网络日记，知晓对方一切，为彼此相似的经历惺惺相惜。小眉是四川人，还没出生，爸爸就因贩毒而被枪毙，妈妈便在熟人的介绍下，嫁来香港。后爸是个理发师，原配跟着有钱人跑了，便娶了小眉妈，两人一结婚就合伙开了理发店，小眉妈打下手，美容美甲不在话下，随着生意的红火，夫妻俩感情也飞跃了——这一点，是叫茉莉十分羡慕的。羡慕是好事，它促进了姐妹俩的微妙感情，直到一年前，两人首次见面，这种羡慕就变了味——小眉实在太美了，小巧玲珑，瓜子脸，生着标致的杏眼、葱鼻、樱桃嘴，新剪的短发被后爸漂成了粉色，很是时髦——茉莉自惭形秽，逐渐不愿再见小眉，但仍然追踪着小眉的最新动态，知道小眉最近开了家网店，手头肯定有闲钱。

合理的借钱借口，顺着回忆，水到渠成：就说自己要参加一个小区大学的面试，但母亲不给她报名费，只好先找小眉借……借多少呢？茉莉立刻又打开过往收藏但没钱买的 Zara① 网购链接——她也不打算买太贵——扫过连衣裙、高跟鞋、手袋的价格，掐指一算——借三千！等月底有了工资，立刻清还！

---

① 著名服装品牌。

　　小眉是个仗义人，加上她和茉莉曾是最好的朋友，就算一年没见，只要茉莉开口，相信小眉也不忍心疏远她，最重要的是，就算她们的幸福相差甚远，但毕竟经历过的苦难还是差不多的，找小眉借钱，获得的是感同身受，而不是伤自尊的同情——茉莉胸有成竹了。

五

　　晚上七点，茉莉一下班，就飞去了附近的小巴站。还没上车，母亲就发来了微信：

　　"饭做好了。"

　　茉莉犹豫几秒，回了一条：

　　"今天议员同街坊晚餐，我也得去，晚一点再回来。"便关了微信，上了去往旺角的小巴。

　　八点未满的旺角，人潮汹涌，胳膊撞大腿，热气逼人，茉莉很快就一身汗。她绕过了各式餐厅外等座位的人龙，躲过了被拖着横冲直撞的行李箱，也不管那些对她光溜溜大腿投来示好的街头痞子，来到一栋破旧的大厦下，拉开铁门，摸着墙，搭着窄小的电梯上了五楼。

　　熟门熟路，茉莉摸到了小眉家门口。

　　"叮咚——"茉莉按响了门铃，并默默在心中顺了一遍要说的话：报大学，母亲不让，求借三千……

"谁？"门内传来询问，茉莉听得真切，那是小眉。

"我，茉莉！"

"茉莉？！"

屋内传来惊喜的尖叫，但门却没及时打开，茉莉足足等了快五分钟，门才开了。

小眉像猫一般，穿着一袭纯白色吊带连身裙，光着一双纤细的小腿，赤着脚，从门里弹出来。她粉色的头发又漂成了浅蓝色，在茉莉眼前海水一般荡漾。

"怎么也不告诉我一声？！"

小眉一把揽住茉莉，她的声音在雀跃，表情却明显慢了几拍——"最近怎么样？新工作还好吧？喂，你真的好久都没来了——"小眉不断发问，好似想掩饰脸上的不自然，这令茉莉嗅到不对劲——但来不及想那么多，她顺势踩进屋，想尽快找个切入口，说明来意。

茉莉打量四周，一切还是那样熟悉、亲切——方正的客厅不大，被小眉妈收拾得一尘不染，墙壁贴着淡蓝色的墙纸，其中一堵挂满了一家三口的合影，还有一张是小眉后爸的单独照，茉莉看过几次——他花白的头发扎了个马尾，脸庞棱角分明，高凸的鼻梁架着副黑框眼镜，身穿牛仔衬衫，坐在草坪上，对着镜头笑呵呵。多好的后爸，茉莉每一次看到，都要这样羡慕。被四壁围住的，是一个矮桌，桌上放着电磁炉，炉上的锅里盛满了鲜红的辣汤，但还没开火，炉边摆着一瓶酒和几杯橙汁；而矮桌身后，是一条米黄色的真皮沙发——这沙发好似是新买的，茉莉记得以前是个布艺的——沙发上躺着三个精美的购物袋，袋上印着的标志，仿佛锃亮的匕首，刺向茉莉——那都是她只敢远观，不敢亵玩的。

一个人影从屋内闪出来——那是个高大的男生，穿了条牛仔裤，裸着上半身，慢悠悠朝她们走来。

"这是茉莉，我最好的妹妹。"小眉一边说着，一边匆匆将沙发上的购物袋收拾进墙边的储物柜，随后拉茉莉坐下。

那真是个帅气的人，茉莉心想，有点像混血儿，黑黑的，胳膊上还有点肌肉。

男生却有点不爽，他从地板上捡起一件 T 恤，套在了身上，一屁股坐在沙发边上，胳膊碰到了茉莉的手肘——茉莉立马弹开了。

"去，一边去。"小眉白了男生一眼，又对茉莉说，"你别理他。"

明明是保护茉莉，但在茉莉听来，却仿佛在炫耀——瞧，我的男友多听话。

一股酸劲涌了上来，凭什么呢，才刚刚分手，又有新男友——估计那三袋名牌，也是男友给买的——茉莉有点恨了，凭什么呢？

"我是戴维。"男生好似故意跟小眉作对，自我介绍道，"我可是小眉最好的男人——"

小眉立马扔了个抱枕，砸到戴维头上，他一躲，拿起桌上的酒和一杯橙汁，摇晃起来："既然好姐妹来，当然要庆祝。"

戴维对茉莉斜嘴一笑，在茉莉眼前的空酒杯里倒了大半杯酒，又兑了橙汁，用一只筷子伸进去随意搅了搅，递到茉莉面前。

这抹坏笑尽管帅得迷人，却依然让茉莉感到一种莫名的自卑——他在笑什么？笑我穷，没喝过洋酒？一定是了，他一定觉得我是个连酒都没见过的乡下妹。

"他臭线的，别理他。"小眉再一次白了戴维一眼，嘴角却渗着笑。她又在笑什么呢？不就是有了个新男友，有什么了不起的呢？茉莉心想，你等着吧，我的杰克斯不比任何人差呢。

"喏，这杯呢，就是我特制的螺丝起子酒……"戴维将那杯酒递到茉莉眼前，慢悠悠地说，"请——"

茉莉一把抢过酒："喝就喝。"

"不要啦，你会醉——"小眉欲抢茉莉的酒杯，却被戴维拦腰截住，两人忽地就缠绕到一块去了，打打闹闹，甚至卿卿我我起来，当茉莉是空气，茉莉愈发气了，她眼一闭，一仰头，足足灌了三大口。

那酒可真冰啊，茉莉心想，许是兑了橙汁的缘故，竟有些酸酸甜甜，并不难喝，她咂着嘴，又学着戴维，倒一半酒，兑一点橙汁，自斟自饮了第二杯、第三杯——她感到整个身子也变得轻盈起来，无论是眨眼还是呼吸，都有一种曼妙的晕眩，像是点燃了最后三根火柴的小女孩，望见了她想要的美味大餐。"喂——茉莉，别喝啦——"小眉的声音好似水一般，从遥远的海上飘过来，茉莉轻轻地摇摇头，整个脑袋仿佛插上了翅膀，蜻蜓一样旋转，还想再来一口时，一团火从胃里蹿了起来，猛地一下，茉莉瞪圆双眼，捂住太阳穴，想要熄灭火苗，不想它越烧越旺，烟雾在脑子里缭绕，瞬间吹涨全身细胞，她感到天花板却越来越低，四周墙壁向她围过来，她看到小眉和戴维拧在一起，小眉对她说，啊，没事吧——她刚想摇头，却看到了戴维在斜嘴笑——呵，现在知道我的厉害了吗？茉莉心想，不就是喝酒嘛，小意思，我明天还要去酒会呢！啊，酒会，对，我还要借钱，咦，是多少来着？完了，茉莉有点晕，要借多少呢？她想不起来，觉得全身都好滑，像一只鱼，哧溜一下，滑入海底，吐着泡泡，泡泡里有小眉，瞪大了双眼，嘴巴一张一合，却没了声音……

六

茉莉到家的时候，已经转钟，她走起路来歪歪扭扭，好在有小眉扶着。小眉正努力从茉莉书包里翻找钥匙时，家门开了，一片黑从门后冒出来，显得楼道的灯光格外刺眼。母亲从黑暗里行出来，望了望小眉，什么也没说，用力将茉莉的胳膊扳到了自己怀里。

茉莉想挣扎，却发现胳膊软得像棉花，还来不及与小眉告别，母亲就关上了门，轻轻地，也是决绝地，瞬间，她拉着茉莉，坠入同一个黑洞。

在这洞穴里，茉莉靠着墙壁，坐下了。她望着黑，逐渐望出影像来——客厅的窗帘拉了一半，街边的光从另一半里洒进来，100呎不到的客厅，渐渐在茉莉眼中恢复原状。电视就在她左手边，右手边依次站着简易衣柜、折叠餐桌、洗衣机、杂物箱；对面是一个破旧的布艺沙发，靠着它的是一个高低床，她睡上面，母亲睡下面，床底还藏着一对对无处安放的廉价鞋。床旁还有一扇临时安装的百叶门，门后藏着睡在单人木架床上的继父。

"我不是说过不许你跟那小太妹来往吗？"母亲低声质问着，茉莉看不到母亲的脸，但猜到是皱着眉，苦瓜一般。她讨厌母亲这样的苦瓜脸，决定一声不吭与之抗衡，等待母亲新的招数。

可茉莉等来的只有脚步声，从床边，走远了，又走近，她一看，一个圆乎乎的东西摆在她面前。那是一碗茶，昏黄的，好似跌在湖里的月亮，荡漾啊荡漾，竟成了小眉的脸，她在水里对着茉莉挥手，"啪——"茉莉推开小眉的脸，它碎了，茶水洒在地上，渗到茉莉腿下。

母亲是这时候爆发的。她想一把拉起茉莉，但是却拉不动，唯有扯着她在地上拖，嘴里用家乡话骂着："我生你真是生了个报应……你这个白眼儿狼……好吃懒做的白眼儿狼……"

这家乡话好似一首浸在水里的儿歌，荡进了茉莉耳里，让她愈发沉醉——"哗啦啦——"一盆凉水从她头顶灌过——茉莉一个激灵，恢复了神智。

她听明白了，母亲居然在怨她——

"对，你就不该生我！"她喃喃自语，仿佛念着毒咒。

这咒语激醒了她细胞里所有的仇恨——却像烟花一样美丽，化成了小眉的笑脸，在黑暗里，无限绽放着光芒。紧接着，小眉的妈妈也出来了，她紧紧依偎着小眉的后爸，仿佛对着镜头，拍摄一组新的结婚照。小眉的后爸为什么那么和蔼呢？花白的马尾辫，笑着的脸，旋转起来，转成了一个陀螺，刺向茉莉的双眼，一股力量，逼得她说出解咒的话来：

"都怪你，嫁了个老不死的……"

母亲愣了几秒，忽地揪住了茉莉的耳朵："你胡说什么？你这白眼儿狼！"

茉莉想推开母亲，却推不动，只好在黑暗中狰狞着："你，嫁人都不会嫁，害惨了我！"

母亲的手气得发抖，揪得茉莉耳朵生疼："要不是老刘，谁养活你，谁供你来香港读书？"

"呵……"茉莉笑起来，"谁稀罕？"笑着笑着，她心疼起来，要不是来香港，她的英语，也不会显得那么差，更不会连个社区大学也考不上——如果在老家，起码也能上个大专。

"是你！你自己！你耐不住寂寞，宁可嫁个老头……"

"啪——"一声，灯光大亮，对峙的母女像是见了光的害虫，惊慌地想藏，却躲不了——继父已经出来了。

茉莉紧紧靠着墙，眼中的继父被无限拉伸、放大，他那条病腿愈发吓人，在风浪中摇摆的孤帆，成了邮轮，仿佛要再次轧过她，就像儿时那一个耳光，锋利又准确。

继父这些年老了许多，但一皱眉，双眼仍能露出凶光——那是岁月带给他的防身武器，他瞪着客厅中的二人，一步一步走进，但不是朝着茉莉，而是朝着母亲。母亲也有点紧张，欲言又止的样子，却一把被继父握住了手腕：

"妈！细声点！我要睡觉觉！"巨婴一般，用沙哑的嗓音，对着母亲耍性子——茉莉瞬间松了口气，她差点忘了，继父已经老年痴呆好几个月了。

身旁的母亲却丝毫没有舒缓的意思，她抽泣起来。茉莉顺着抽泣声晕晕乎乎地望过去，那光下的妇人，已被生活压驼了背，却仍老鹰一般张开稀疏的翅膀，护住了怀里的恶童。

七

第二天，康乐邨的小区公告栏上贴了新的海报，是阿勤昨日赶工做出来的，整张海报白底黑字，只有左上角印着的李议员照片是彩色的，对着这个世界微笑。黑色的宋体字庄严而肃穆地宣布了一个消息：近来自杀事件频繁、民心不安，为防止此类不幸发生，将于下星期一和星期二在中央花园举行超度法事及祈祷大会，欢迎街坊参加。

一众街坊围在海报前，谁也没留意，茉莉一声不吭地从他们身后快步走过。

刚一进议员办事处，阿勤就扔了一沓信在她桌上。

"这都是寄给老李的,你拆开看看。"阿勤一边嘱咐,一边拼命打字,"多数是些无用的广告,那就不用给我看了,直接扔进碎纸机。我今天超忙啊,麻烦你帮帮手。"

茉莉木讷地点点头,机械地拆起信来,脑子不断放映昨晚的画面,断断续续,她愈来愈晕眩。

办事处恢复了正常,虽然不再有成堆的街坊挤在里面,但仍有不间断的人进进出出,寻求帮助。

"我家有五个人,不会填这个低收入申请表格,帮帮我吧……""我老公受了工伤,不仅没有得到赔偿,还被解雇了……""我老公三个月前申请了永居,现在就要跟我离婚!太过分了,能告他骗婚吗……""我老公死了,我病了,可不可以申请综援呢……""快,帮我看看,这个软件怎么用?我儿子说不让我打电话到美国去,太贵,要我在网上找他……""先生呀,我明明就过了六十五岁,凭什么他们不让我申请长者津贴?你看看这信里写的什么?我看不懂……"

来来往往,鸡毛蒜皮,无数张嘴,诉说着类似的穷,在茉莉耳边不断地荡漾着,逐渐形成一个巨大的牢,紧紧关押住她的种种渴望。她已经在这牢里,生活了二十多年,她想逃啊,想拉着杰克斯的手,越狱啊,呵,可偏偏败给了可怜的自尊心,昨晚在牢里又给自己画了个牢，丧失了大好机会。

　　就在茉莉备感绝望时，她的手指触到一张光滑的卡片，那光滑像是华美的丝绸缎子，令她忍不住低眼一瞧，双眼便再也离不开了，渐渐地，那双小眼写满笑意，弯成了月牙儿。

　　那是一张新一城广场价值两千的购物券，附了一封感谢信——茉莉一边望着电脑，若无其事，一边余光观察着阿勤——他正认真帮一个老太太填写什么表格。茉莉小心翼翼、悄无声息地用胳膊肘盖住购物券，缓缓将它挪到桌下，再折叠起来，放入口袋。而那封感谢信，茉莉看也没看，连同其他无用的信件一道，扔进了碎纸机。

　　接下来，一切都好办了：先谎称身体不适，向阿勤请假，然后赶紧去新一城广场买裙子，赶在八点去尖沙咀赴宴即可。

　　唯一令茉莉感到不舒服的，便是刚一出门，就遇上了那个戴着假眼的王富，他一眼认出了茉莉，用又老又脏的手，紧紧握住她的手腕，紧张询问她信件的事情。

　　这一回，茉莉狠狠甩开他的脏手，对着他残旧的假眼说了一句："你娶老婆干吗，陪葬吗？"——仿佛对着恨了数年的继父说的一般，解恨地跑开了。

八

捏着购物券的茉莉，好像忽然中了六合彩的穷光蛋，一时间没想好该怎么花费。她在城堡一般的新一城里，望着盘旋而上的手扶电梯，仿佛信徒一般，朝拜着消费者的天堂。

她曾经害怕来这样的地方，这里的销售小姐都长着扫描机一般灵光的双眼，随便一瞥，就能把她的穷看透。但今天不怕了，茉莉手握着消费券，走路时胳膊甩得高高，很快便被销售小姐盯上了。

若不是在销售小姐软磨硬泡下穿了那条雪纺纯黑连身裙，茉莉也不敢相信，自己居然可以这么美。时髦的一字肩，完美彰显她纤长的脖颈；背部蕾丝镂空，让她轻盈的蝴蝶骨若隐若现；紧致的收腰，愈发显得她腰身骨感；不过膝的鱼尾裙摆，令她修长的双腿看起来充满魅惑。

趁茉莉望着镜子出神，销售小姐连忙从另一个货架上，取来一对红色漆皮高跟鞋，帮着茉莉穿上，嘴里还不停地赞叹："哗，好靓呀！真是太靓了！"这短而有力的句子，像是鞭炮一样，在茉莉脑海里噼里啪啦，响成一片。她踩着那尖尖的鞋跟，在光滑又锃亮的大理石地板上轻轻旋转起来，裙摆像急促的波浪，不断涌动，她仰起头，望见水晶灯像是万花筒，不断地变化、耀眼，令她晕眩。

等她再次站定时，已经站到了尖沙咀的地铁站，一望表，才六点。从商场出来的时候，茉莉给杰克斯发了短信，还附上了一张自拍。

"天啊，女神！"杰克斯很快就回了。

"想立刻马上见到你，恨不得要飞过来了。"他又补充道。

茉莉觉得杰克斯简直就是一张网，而自己就是一条鱼，被他牢牢捕住了。

但时间尚早，茉莉便穿着这一身新衣，鱼儿一般，扭着腰肢，在尖沙咀街头荡开来。她放肆地吸取着来往路人的惊鸿一瞥，尽情地张望明亮橱窗后的各式奢侈品，她闻到空气中弥漫的金钱香味，第一次觉得自己与香港这个城市如此近——不，她觉得自己终于融入其中了。去他 × 的蓝天邨，去他 × 的康乐邨，去他 × 的旺角，茉莉大胆地咒骂着，从今晚起，我将改头换面，浴火重生。

接到杰克斯来电的时候，已经过了七点半，茉莉游不动了，她靠在星光大道的栏杆上，休息双脚，肚子也饿。

"喂——"茉莉压抑住内心的紧张和羞怯。

"在哪里？"杰克斯温柔问道。这还是茉莉第一次听到杰克斯的声音——真好听啊，像是一杯温水，缓和又暖心。

"尖沙咀呀，还能在哪里。"茉莉笑着。

"我已经在海景酒店了。"杰克斯话中有话，"七楼九号房，有惊喜给你。"

说罢，杰克斯就挂了电话。

茉莉还握着手机，心里一阵颤抖。她大概猜到等着自己的是什么，又怕又喜，怕的是她还没有做好准备，喜的是她从今晚起，也可以是有正式男友的人了——终于和小眉一样了。

海景酒店夹在一片茶餐厅中间，并不如它的名字那般气派，但一眼望去，也是方方正正，好几层楼高，旋转门被擦得锃亮，等待着旅客的入驻。

茉莉昂首挺胸，美人鱼一样，游入了这座即将完成她梦想的酒店。

和她同搭电梯的是几个外国女郎，她们一身香气，穿着紧身短裙，性感地哈哈大笑。茉莉以亚洲女性特有的矜持，斜视着她们，内心却雀跃起来——说不定等一下的晚宴还有鬼佬呢。

出了电梯，茉莉踩在厚而软的毯子上，仿佛飘在绵绵的云端，她忍不住幻想，等一下，穿着西装的杰克斯绅士一般将她拥入怀中，献上一捧玫瑰，轻轻地吻了吻——

"叮咚——"带着羞涩，茉莉按响了七楼九号房的门铃。

很快，门开了，茉莉一抬眼，迎接她的并不是想象中那位帅气的杰克斯，而是一个矮胖的大叔，虽然也穿着西装，但是圆滚的肚皮几乎要将扣子炸裂。

就在茉莉怀疑自己是否敲错门时，大叔说话了：

"刘茉莉小姐吗？"

茉莉愣了愣，点点头，不等她反应过来，已经被大叔一把拉进了房，"砰——"一声，关了门。

"杰克斯呢？"茉莉一眼望穿空空的房间，似乎嗅到危险。

"他呀，忙着呢。"大叔倒是不慌不忙，自顾自地拉着茉莉在窗边的椅子上坐下，茉莉尝试挣脱，却根本无效。

"喝酒吗？"他举起茶几上的红酒，对着茉莉摇了摇。

茉莉没有响应，一些想法在她脑子里逐渐拼凑起来，她怀疑自己陷入了一场骗局，又或者说，一场交易。

"喝一点酒，对女孩子比较好。"大叔不理茉莉，缓缓地倒了些酒在杯子里。

就在茉莉想着如何脱身时，视线忽然被大叔的手腕牢牢吸引——那里戴了块劳力士手表。这令茉莉不得不再次打量大叔一番：西装革履，料子精美，一个公文包随意地摆在桌腿边，黑色的皮面上，烫金印着GUCCI[1]的标志。

这标志像是火一样，烫伤了茉莉的心，她一时分辨不明，是走还是留。

就在这时，一只厚实的手掌缓缓覆到茉莉手背上，抚了抚：

"这么好看的手，没有首饰，可惜了。"

紧接着，那只手褪下了另一个手腕上的劳力士，塞到茉莉的拳头里：

"这算是见面礼了。"

那只厚实的手掌又来了。它先是拂过了茉莉纤瘦的腰板，再滑到了她的大腿，茉莉紧张地一动不动，余光却宛如见到一条饿极的沙皮狗，垂涎着喘气。

"都说北方来的内地妹，腿长，好摸，看来是真的。"沙皮狗在茉莉耳边吐出这样的话。

"轰——"一声，茉莉仿佛听到什么在她脑子里炸开了。

她不记得自己怎么就一把将劳力士砸向了大叔的头

---

① 古驰，著名奢侈品牌。

顶——他躲开了，反手给了她一个耳光，一把将她推倒在地，拉住她的脚踝，撕扯她的裙子，她像是砧板上的鱼，奋力挣扎啊，跳跃啊，纵力一伸腿，刚好将那尖又细的鞋跟，踩到了大叔的头顶上——他疼得直叫唤，茉莉连忙抓起桌腿边的公文包，猛砸大叔头，大叔松开了手，茉莉随即脱下一只鲜红的高跟鞋，像是握着把尖刀，狠狠地插向大叔的眼——

九

茉莉拼命地跑啊跑，像一只被鱼饵钩伤的鱼，奋力地在海里游，身后落了一片血红。

路人忍不住侧目，甚至举起手机拍摄视频，他们饶有兴趣地望着，这个身穿残破晚礼服，手握高跟鞋，赤脚在街头流窜的年轻女孩。他们议论纷纷，在网上分享着这单奇闻，不断转发、留言、评论，猜测着故事的来龙去脉。

赤脚的茉莉跑过一片热闹，又到了一片新的热闹。她好想找一块无人的地方，把自己蜷缩起来，好好地，好好地哭一场。可惜，四周围都是人，太危险了，她不能停，她还得跑，直到她的双腿发软，一个趔趄，栽倒在地，才隐隐觉出脚底疼痛不堪。

这一跤，把茉莉摔醒了，她蹲坐在地上，冷眼望着四周，周街都是亮着霓虹灯的店铺，各式各样的人来来往往，一个个橙色的垃圾桶边围满了吸烟的人，马路中央围了一个人圈，圈内是一群花枝招展的中年女人，她们摆起方阵，跃跃欲试。

这时，手机在茉莉新买的手袋里尖叫起来，她无力地打开崭新的手袋，摸出手机，一看，有五个未接来电，全是阿勤的。

还有一条，是阿勤的信息：

"你跑哪去了？又出事了！快回来帮手！"

信息里附了一条视频，茉莉并没心思看，但它自动播放起来：

　　一个老头，像是一根枯枝，孤立在一栋楼的天台上。镜头推近，那人变得熟悉起来，就算不给特写，茉莉也能想到，他那张圆圆的脸上，嵌着一只猫儿眼，洞察着这个世界。

　　就在这时，老头张开双臂，轻轻地，跳了下来，就像一片枯萎的树叶，落了地。

茉莉关了视频，把手机放回手袋，顺便摸出今天购物的消费小票，她想着，裙子烂了，怕是没得退，其他的应该没问题。

除去裙子的钱，还剩下差不多两千。能干什么呢？

茉莉想不到，也无力想了，她此刻只想呆坐一阵，或是一宿，甚至一世。

"嘀——"一声刺耳的音箱开启声响起——马路中央的女人们摆好了舞姿。

音乐响起来，大妈们开始了并不熟练、但异常自信的舞步，旁若无人。

很快，围观人群嘘声一片，但也没能压过音箱里的民歌。茉莉听着那高亢的歌声，越听越熟，熟到她轻轻一张嘴，便不由自主哼出声来。

那首歌是这么唱的：

好一朵美丽的茉莉花

好一朵美丽的茉莉花

芬芳美丽满枝丫

又香又白人人夸

让我来将你摘下

送给别人家

茉莉花呀茉莉花——

飞往无重岛

一

想不到香港也有这样的地方。

　　花在唱歌，草在舞蹈，大树倒立着行走，动物在空中飘着，吮吸阳光与雨露……

　　我一进去，也变得失去重量，整个人很轻很轻，像羽毛一样飘起来……而后一周，我不吃不喝，只需日晒兼偶尔雨淋，便精力十足……

以上是朋友 A 在脸书上的更新。

呵，开什么玩笑？米娅嗤之以鼻地为 A 的段子点了赞。

没过多久，又有人在脸书上发布类似的感叹：

"误打误撞去了无重岛，不用吃饭，不用落地！不用赚钱，不用供楼！真正无负重的生活呀！"

"不想再回来了……这无须负重的小岛，让我快乐得像童话主角！"

"请保护无重小岛！这是香港最后一片净土！"

作为资深文案的米娅，深知新媒体营销的套路，如果以上是 KOL[①] 发布的消息，她断然不信，但偏偏发布者都是些平凡得不能再平凡的老同学、旧同事，他们如米娅一般，就快而立之年，却仍在几万蚊一呎的房市下，小心翼翼地与父母或另一半 AA 制活着——没有哪个公司会花钱找这样毫无影响力的人来做软广宣传。

于是，她约了其中一人见面。那人叫阿南，是她的中学同学。

"还好吗？"

"还好。你呢？"

"也还好。"

---

① 关键意见领袖。

此时，两人身处地铁站出闸口，米娅站在闸外，阿南在闸里，两人隔了一道栏杆，那上面还攀着许多双不同的手，两边的人就这么攀着栏杆聊业务、交接快递、谈情说爱等，为的是彼此双方都不必因出闸或入闸而付交通费。

"你说的那个……无重岛，是真的？"

"不假。"

阿南从口袋里摸出一张相片，递给米娅瞧。

相中，天地仿佛消失，只有一片海，蓝得发亮，海上漂浮着花草、大树；城堡一般的小屋悬立，柴犬、家猫、兔、仓鼠……围着城堡翻滚。

"这就是我。"阿南指了指飘在一只柴犬旁，并摆出倒立姿态的人。

"怎么不用手机照？"

"这是无重岛居民给我照的。这地方用手机就照不出来，必须要用无重岛里的相机。"

见米娅望着相片愣神，阿南继而补充：

"那地方美得不真实。飘在空中，我感觉不到任何重量，眼前的景色也不再有上下之分，我的身体可以按心中所想，任意转换方向，一时贴在海面上，一时附在大树旁，凡尘的一切我都想不起来，大脑是空的，但心却很满。那感觉，怎么说呢，简直像吸了毒一样快乐——当然，我只是打个比方，我并没有吸过毒，总之就是——它已让我快乐，它也让我痴痴醉……"阿南自以为风趣地哼起粤语老歌。

"那你何必回来？"米娅打断阿南，半信半疑。

阿南歌声止了，叹口气：

"有个仔嘛。我走了，谁照顾他？"

"也对……"

两人沉默。

米娅望着阿南那消瘦的下颌，刚好在她额头上几公分。想起十几年前，就是隔着这样的距离，与他挤过巴士，行过年宵，躲在图书馆的角落看书——虽然无重岛的一切都听来荒诞，但米娅相信，中学时的爱人不会骗自己。

"那……怎么去？"米娅终于问出口。

阿南收起相片，环顾四周，微微低头，山羊胡触到了米娅前额，低声说：

"飞过去。"

"什么？"

"对，在中环码头，第五与第六号码头间，你会望见一个生得很矮、戴红色鼻套的阿婆，她会带你飞过去——我这张相，就是她帮我照的。"

二

夜晚七点半，米娅草草完成工作，推掉同事饭局，顺着放工的人潮，拥入地铁。挤在疲乏的身躯中，望着头顶上方的指示地图，从最东边的柴湾渐次亮灯到最西边的中环，才出了车厢，搭电梯，自 A 出口攀出地面。

中环的夜晚，天地满是灯，明晃晃，教途人的风尘仆仆无处藏。

米娅逆着涌向地铁的人流，搭乘右手边电梯，上了通往中环码头的天桥，目不斜视，直行，拐弯，再直行，直到远远望到亮起深紫色灯光的摩天轮，才下了天桥。

天桥底下，十个码头，一字排开，分别去往香港不同的离岛：五号码头开往长洲，六号码头则去往坪洲。两者隶属同一公司，有着雷同的门匾：橙黄色底，白色字，写着目的地名称，门匾下暗藏付费通道与两三小店，人们或坐或立，在海风下，等待八点出发的船。

而码头与码头之间，除了平凡无奇的柱子外，并无其他。

说不上失望，米娅只觉得自己可笑。这世上怎么会有那样的好地方呢？"不用吃饭，不用落地！不用赚钱，不用供楼！"她想起某旧同事在网上发出的感叹，又想起阿南那瘦得驼了背的身子——或许大家都在用谎言自我安慰吧？

于是，她又原路返回，上了地铁，挤在车厢里，拿出手机，继续完成存在邮箱草稿里的文案。从最西南的中环，陆续换了四条地铁线，才到了最东北的马鞍山，下车，转小巴，回家。

米娅穿行在楼与楼间，不断遇到与阿妈熟识的街坊，他们不知怎的，欲言又止似的；直到米娅走近自家那栋，看更大叔拉开玻璃大门冲她说：

"快回家，你细佬又饮醉！"

一出电梯，米娅就见到躺在楼道里的细佬，好似砧板上的恶鱼，奋力挣扎，嘴里冒着酒气泡泡，逐一爆裂成毫无逻辑的咒骂。阿妈挂着拐杖，靠在墙边，身子一半僵硬，一半尽力弯腰，欲扶细佬，米娅见状，箭步冲过去，要挽阿妈进屋；阿妈不肯，拧着身子，拿拐杖指着细佬：

"你——救他，救他先——"

细佬足足 180 磅，米娅死活拖不动，只好叫看更大叔帮手，忙碌一个钟，才算把细佬安置在卧室的高低床下铺。

"你怎么就不知帮下你阿哥？！"

米娅对着躺在上铺玩手机的细妹发脾气。

细妹一声不出，翻个身，一头粉色短发，与米娅对峙。

深夜，细佬鼾声如雷，阿妈时而从卧室门缝传出病痛的呻吟。窗外洒进风，米娅躺在沙发床上，睡不着。她拿起枕边的手机，找到阿南的脸书，发了信息：

"今天我去了中环码头，没见到那戴红色鼻套的阿婆。"

脸书显示阿南最后上线时间是一个钟之前。估计他睡了吧。米娅放低手机，望着天花板，想象那无重的小岛。会是怎样呢？她想起儿时，每次放学回家，卸下沉重的书包时，都感到一阵轻盈，"像是忽然飞起来一样"，她跟阿妈讲，"别傻，人不会飞"，阿妈告诉她。后来她才知道，那种飞起来的感觉，不过是人体负重太久，忽然卸下担子时产生的错觉。所以，那无重岛，会不会是人们去离岛郊游，忽而忘却压力才产生的错觉呢？

算了吧，别痴心妄想，这世上不会有那样好的地方。再说，蜗牛若是没了壳，怕也活不了吧？人还是要有点压力吧。想开点，谁不是在还贷、供楼、养家呢？都一样，一样……

米娅仿佛睡着了，忽听"叮——"一声，手机响。她睁眼一瞧，阿南回了信息：

"不怕，我已给阿婆打了电话，她明天早上九点，会在那等你。"

三

翌日，米娅早早起床，将昨晚写好的文案发给客户，同时向主管请了病假，又从冰箱取出未吃完的凉瓜、茄子、薯仔、鸡蛋、青椒，通通洗净，切块，配以牛肉块或鸡蛋，一股脑炒了几锅，分成起码三日的量，装在碗里，封好保鲜膜，放回冰箱；随后，开始收拾行李。

那些上班常穿的素色衫裤、高跟鞋，米娅通通没理会，取出为数不多的卫衣、运动裤、瑜伽服、波鞋，塞到背包里。她总说要运动，总也没时间，这回，可以在无重岛上放松一番。扫视客厅，电脑、手机、iPad、耳机……全不要了，反而从储纳箱里翻出许久未用过的画簿和一盒彩铅。嗯，要把无重岛的一切都画下来，米娅想着。

　　早上八点的香港，阳光清澈，行人匆匆，米娅心情出奇地好，索性连地铁也不想挤，打了辆的士便上路。

　　一下车，米娅远远便见到一点红色在第五、第六码头间闪烁——那阿婆，看起来像个小学生，短头发，短手短脚，戴着小丑才戴的那种红色鼻套，四周张望着。

　　"你好——"米娅走到阿婆面前，挥挥手。
　　"米娅？"阿婆声音清脆，也像个孩子。
　　"对。我朋友阿南让我来找你。"
　　阿婆点点头，废话不多说，从口袋里摸出一个透明的东西。
　　"来，戴上这个。"
　　米娅接过一瞧，那好像是个透明的潜水眼镜，但又比潜水眼镜大一些，像是超薄的透明盒子；眼镜架还连着一对耳机。
　　"这是？"
　　"等一下你要飞，戴上它，双眼不会受伤；耳机保护你耳朵之余，也可让你我在空中自由对话。"

原来如此。听到"飞"这个字，米娅感到莫名兴奋，乖乖戴上透明的眼镜，塞着耳机，眼前却忽然一黑，什么也看不到——

"别怕，我牵着你，很快你就能看到东西，稍微忍耐一下。"阿婆的声音从耳机传出，她握住了米娅的手，"来，向前走，对，迈步，迈步，再迈步，好，前面有一个小台阶，稍稍抬脚就能跨过去，对，没错，好，接着走——"

黑暗中，米娅一手紧紧握住阿婆，一手捏紧背包肩带，生怕等下起飞时，准备好的衣物会跌落大海。

"我们进入飞行通道了。"

大概行了五分钟，米娅听到阿婆这样说，来不及回应，就感到强烈的失重感，整个人仿佛坐上了游乐园的太空飞船，"噌"一下飙上天。在这快速的飞行中，米娅感到疾风拂面，微光从远处洒来，且逐渐强烈。眼看着自己就快睁不开双眼时，猝不及防，她急速降落，又360度在管道中翻滚几圈，倏忽间，眼前豁然开朗——一切比想象中的更美。

一片澄蓝大海，在阳光下泛着钻石般光芒；周身围绕各式花草，每一朵花都张着嘴在低声呢喃，米娅一边飘浮，一边触碰那些花，摸起来温热、柔软；紧接着，她看到不同的小动物，仿佛仰泳，缓缓翻滚，她看着看着，也忍不住摆出舒展的泳姿，畅快前行；那一刻，她觉得自己是一颗快乐的气球，漂浮在水面上。

城堡在更远一点的半空，墙壁五颜六色，落地窗透亮，映出城堡里的人家，有的飘在空中睡觉，有的悬挂着看书，还有的弹奏乐器、跳舞、玩游戏，个个着宽松的长袍，像是无欲无求的天使一般，面带安详神情。

不知怎的，米娅脑中浮现起自己的蜗居，300 呎的地界，被家私、杂物、人挤得满当，阿妈总是一脸愁苦，细佬和细妹更是颓丧，如果……如果可以一家人都搬到这里，住进这大城堡里，过上无忧无虑的生活，那该多好！

想到这，米娅又有点担心，万一越来越多人知道无重岛的秘密，全都搬过来，房价又被炒高，怎么办？

不行，得赶紧行动！

可是，要怎么说服他们呢？

米娅想着，啊，对了，照相，证明无重岛的真实——

"阿婆？"

米娅望不到阿婆，唯有对着空气喊。

"你要做什么？"

阿婆的声音再次在耳机里响起。

"我想照相！"

"好！"

见不到身影的阿婆，忽然紧握住米娅的双手，将它们摆出剪刀手的形状，紧接着又说："开心一点，好，笑——"

"咔嚓——"一声，伴随一瞬闪光，米娅再次陷入黑暗——飘浮的感觉顷刻消失，唯有干硬的大地在自己脚下。

紧接着，她感到有人从她脑袋上摘下那透明眼镜与耳机：灯光大亮，刺得米娅微眯双眼，零星掌声响起，人声在她耳边叽叽喳喳，逐渐，光线恢复正常，只见眼前是一个小小的办公室，站着三五个着制服的年轻男女，正对着自己微笑；四周围是玻璃制成的墙壁，墙外陆续有人经过，有的望一望里面，有的则大步向前，前方便是码头入口，上面写着"去往长洲"；而办公室门上挂着一个牌匾：新码头科技工作坊。

"恭喜你呀，米娅小姐，成为我们虚拟无重岛的第99位体验者！这里是你的优惠券——"

两张电影票大小的卡片，被硬塞到米娅手中。

"嗯，体验一次只需 9999 港币，若需要摄影服务的话则加收 1000 港币，但由于米娅小姐是由阿南先生友情推荐来的，那么可以给米娅小姐打一个八折，你等等，我算给你看——"

一个陌生的女子从办公桌上拿出计算器，噼里啪啦敲了敲后，又拿到米娅眼下。

米娅望了望那数字，又望了望那女子，不愿相信：

"所以，我刚才看到的那些，都是假的？"

"也不能这么说啦！米娅小姐刚刚佩戴的眼镜，是我们公司从国外引进的新科技产品，它在虚拟实境的基础上，融合最真实的失重体感服务，再加以 360 度摄影，为亚洲压力指数第一的香港人，提供最舒服的心境旅程……

"但由于目前还在神秘推广期，所以欢迎每个使用者任意邀请亲朋好友来参与推广……月底正式推出……

"希望香港家家户户，都购买一副虚拟无重岛飞行眼镜，在繁忙之余……

"已有九成试用者都在社交媒体上发布使用感受，好评度百分百！对了，米娅小姐，请问你有脸书吧？"

米娅不置可否。

"请米娅小姐在脸书上发布一段好评吧？如果这样，

刚刚的费用就可以——"陌生女人继续在计算器上敲打，"再优惠这么多！这个价钱而已——"

米娅看也不想看，又问：

"阿南在你们公司工作？"

"哦，不不，他不过是积极参与了我们的朋辈计划。"

"朋辈计划？"

"嘿，米娅小姐，如果你成功邀请一朋友在不知情的情况下，参与我们的神秘推广期试用，你将可以获得百分之十的提成喔！邀请人数无上限！你看，不如这样，我建议……"

陌生女人还在说着什么，米娅仿佛也听不到了。

她看到玻璃门外不断有人望进来，像是在观赏动物园里的把戏。想到这，米娅感到一阵羞赧，条件反射似的紧握住了背包肩带，这一刻，她又想起了背包里的运动服、画簿和彩铅，还有那一串不愿再提的白日梦。

火柴盒里的火柴

一

火柴觉得房子在逐渐缩小。

床在变短，天花板在变矮，四周的墙在向中心靠近。

"你一定是还没睡醒。"阿诚轻抚她的背脊，嘴唇贴上去，呼吸沉重且迷人。火柴努力放松心情，微眯双眼，却忽然听到邻居家传来的奇怪声响，她一把推开阿诚，疾步走到窗边，紧张四顾。

"怎么了？"阿诚不懈地贴过去，再次尝试亲吻。

火柴感受到阿诚在耳后的鼻息，却无法集中精神，她焦灼地盯着窗外：正午的阳光很辣，还好被窗口正对的墙壁挡了一半——那是隔壁楼座的外墙，嵌着马赛克一样的小方砖，十分拥挤。

"你听到吗？邻居家说话的声音。"火柴问。

"不要偷听人家隐私啊。"阿诚一把将火柴拧过来，严肃地捧起她的脸。

"不是，我的意思是，我们的房子好像在移动，它在缩小，好像是……要挤到邻居家去了？我们和他们愈来愈近……你听——你听到吗？"

这回，阿诚彻底没了耐性。

"唉，火柴，你这样，我怎么办？我知道你嫌这房子太小……但这不也是没有办法吗？"他双手抱胸，凝眉叹气，一团无名火在胸口燃着。

火柴没有反应，她继续焦灼地望着天花板，光影在上面拼成一副獠牙，好似要一口冲她咬下去。

"你又想要有会所、有花园、有泳池、有超市、有地铁、有购物中心……那这种地段，我怎么租得起大房子？"阿诚心里那火越烧越旺，忍不住手舞足蹈，猛地一转身——踢翻了整齐码在地板上的一摞杂志，它们轰隆倒地，震得电脑桌也颤了颤，桌边的挂钩登时掉落，挂钩上没有拉上锁的杂物袋散地，充电器、电池、鼠标垫、硬盘、光碟……一齐丁零当啷地在地上弹跳。

火柴这才一脸恐慌地四顾。

阿诚望着地板上的一片狼藉，火瞬间灭了。他不想再说话，只想四仰八叉地平躺在冰冷的瓷砖地面上，让心情降降温。就好像半年前，他和火柴刚刚搬进来时，

177呎的大通间里只有床垫、两个行李箱，他们最喜欢在地板上躺着，相拥、亲吻，与光影追逐。可此刻呢，他身后就是茶几和沙发，左手边就是衣柜，衣柜门上还挂着浴巾、毛巾、内衣、外套、裤子、背包……右手边就是梳妆台，台上挤满了爽肤水、日霜、晚霜、眼霜、指甲油、香水、双眼皮贴、眼睫毛夹……台边紧挨着双人床，床上密密麻麻躺着毛绒公仔，床尾还坐着火柴。

阿诚瞥了瞥火柴那张写满焦灼的脸，忽然觉得十分的陌生。

二

房子没有缩小，但火柴的不适感是真的，因为她在长高。

火柴在一个月前收到了家人的生日祝福："二十三，蹿一蹿！"这是火柴老家的俗语了，意思是说，女孩到了二十三岁那年，还能再长高，隐喻生活、事业都会节节高。

火柴老家的姑娘普遍都高，或许那地方拥有中国最高的纬度吧。当火柴来到纬度比老家低一半的香港时，她感觉应该把自己的大长腿也截一半，才能找到心爱的威猛先生。不过爱情就是这么神奇，她和阿诚一样高，接吻时，鼻子会和鼻子打架，但她还是爱上了他。

火柴的增高起初是以毫米为单位，直到有一天，她一觉醒来，突兀地高出阿诚一个头。

阿诚这才醒悟，那天火柴不是装疯卖傻，嫌弃他的房子小，而是真的感到了不适。

他叫火柴紧紧靠在门框上，用铅笔在她头顶上画下一道印记，然后用卷尺量了量印记到地板的距离：179cm。

"天啊，你比我高出十公分了!"阿诚"啪"一声收起卷尺，似乎连卷尺都闷闷不乐。

"那我也是爱你的啊。"火柴拥抱着阿诚，她尖尖的下巴刚好吻着阿诚的额头，而阿诚的眉眼枕在火柴的锁骨上，这是非常新奇的拥抱姿势，阿诚忽然间又觉得兴奋且满足。他似乎很久没有好好地和火柴抱一抱了，不然，早就该发现火柴的增高了。他感到内疚。

阿诚一边抚摸着火柴纤幼的大腿，一边感受着她格子衬衫里的骨感四肢、微凸的乳房和平坦的小腹，这伶仃的一切都在他的紧实怀抱里微颤着，仿佛一不小心就会被折断。火柴其实还算个惹人疼惜的女朋友，阿诚心想着，如果，当初不那么心急求婚，就更好了。

"你闭上眼睛。"阿诚对火柴说。那是半年前的一个星期天，他们躲在家居店的样板间里，横躺在双人床上。

火柴听话地闭上眼。

"你想象一下，柔软的大床，不，圆形床，床单是天鹅绒的，对面是落地窗，窗外就是海景。"

火柴咯咯咯地笑出声，皱起了她的鼻头。

"床脚还有一个大电视，我们晚上就躺在床上，一边吃好吃的，一边看电影，看到无聊就亲一亲，亲到无聊就睡一睡……"阿诚吻了火柴一下。

"以后我们就在一起，享受这样的二人世界，好不好？"

火柴使劲地点了点头。然后，她感到自己的右手被紧紧握住，无名指被套上一个冰冷的圈圈。

这梦寐以求的圈圈，闪着晶亮的光，灼得火柴热泪盈眶，两人激动地在样板间的双人床上拥吻，旁若无人，直到工作人员把他们请了出去。而样板间和童话一样，都是骗人的，半年后，他们搬进了全港最新、单位面积最小的豪宅小区，把自己和两个人的所有家当都塞进了177呎的一居室——也就是被媒体笑称为刚好住下两个姚明的火柴盒。

三

然而，同居之后的两个人，一直不能在香港领结婚证，因为火柴丢了工作。

依照香港的法律制度，如果非港人在没有工作的情况下与港人结婚，那么在拿到香港永久身份证前，不允许在港工作——这就意味着，火柴起码五年不能工作，生活来源全靠阿诚。

"不怕的，反正你的 IANG^① 还有十个月才到期，养你十个月，小意思。"阿诚拍拍胸口，信誓旦旦。

火柴望着阿诚，吸了吸鼻子，眨了眨眼睛，就"呜哇——"一声，投入了他的怀里痛哭。阿诚一边拍着火柴背脊，一边望着窗外，那时天高云淡，防盗网将它分割成了不规则的形态，阳光不声不响地从切缝里挤进来，偷用着小情侣的温存时光。

只是那一刻的阿诚想不到，大半年过去了，火柴依然没找到工作。

没有工作的火柴，生活就剩下两大事：见工，逛家具店。

阿诚在这半年里，眼睁睁看着火柴变魔法一般，为这个 177 呎的房子带来千变万化。比方说，有一次他出

---

① 非港毕业生留港签证。

门时，家里还挂着粉红色的猫咪窗帘，下班回来后就成了绿色的纱幔；还有一个周六，他加班回来，正想钻进被窝睡一大觉，家里就挤出几个露着大花臂的搬运工，不停地叫阿诚"唔该，借借，别挡路"——他们正把火柴用了一星期的储物柜搬出去；直到最近的周末早晨，阿诚已变得不再顾及形象，光着膀子，躺在床上半睡半醒，任由不认识的人来到家里搬走一些用过不久的小家具，然后再运进来一批新的。

也不是没有发火的时候，那次阿诚正睡着，却发现自己连人带床都被抬了起来，搬出了门外。

"你发什么疯，总是换来换去、搬来搬去干什么?!"阿诚怒气冲冲。

火柴愣了一秒，随即瘪嘴，带着哭腔："那我也是想把我们的家，布置得精美一点啊……"她细长的小眼睛更加成了月牙儿，挤出两行清泉，挂在清瘦的面庞上，楚楚可怜的样子，"哪个小两口不买些漂亮家具的? 再说，这些家具都是要用的啊，只是房子小而已……"

也是，哪个人家不买家具呢? 只怪房子小，唉。阿诚沉默了。每当这个时候，他就会想起自己求婚时许下的诺言，什么落地窗、圆形床、大电视、海景……再四顾拥挤的家，铁笼一样的窗（防盗网上还挂满衣服），简易家具（都是自己拼装的），吃喝拉撒四合一（厨房是开式的，每一次炒菜都整个屋子油烟味）的空间，便由内而外地觉得欺骗了火柴，也对不起自己。于是，这些时候，身为理财师的阿诚就只能狠狠地抽一口烟，继续对着电脑，看着密密麻麻的法例、条案、案件，去给不同的客户制定一个个不同的理财方案、家庭规划，仿佛把自己对未来的期盼，灌注到了别人家里一样。

四

又一个月过去，火柴的身高停在 179cm，不再动弹了。长高后的火柴，除了觉得房子变矮了，衣服也要全面换大一码外，其他没什么改变。

那又是一个火柴见工之后，闲来无事、随便逛逛家居用品的星期五下午，一个男人忽然拦住了她的去路。

"小姐，你有兴趣做模特吗？"男人递上一张卡片。

"天马娱乐"，赫然四个大字，从卡片上跳进火柴的小眼睛。

"小姐，若有兴趣的话，欢迎你来我们公司面试，地址和网址在卡片的背面上都有。"

火柴没多虑，当场就跟着男人，去了公司面试。公司也算可以，老板年轻时也是男模。香港果真是个随便逛逛就能进入演艺圈的神奇地方啊，火柴内心无限感叹。就这样，她终于找到了一份乐在其中的工作。很快，火柴跟公司签了正式的合约。

"亲爱的，明天我就要去做一个外景拍摄了。好期待。"火柴捧着阿诚的脸，像捧着一颗太阳，开心极了。

那天，阿诚特地请了半天假，在家大扫除，准备晚餐。他这次大动干戈，拿出一个月前就从国外网购来的烤饼模具，亲自烤制 Hello Kitty[①] 曲奇饼；除此外，还要秀一秀他的拿手好戏：日本料理。他决心用浪漫的晚餐将火柴再次感动得一把鼻涕一把泪，之后就义正词严地通知火柴，让她火速申请工作签证，因为明天他就会去递交结婚申请，刻不容缓。

一切都出炉了。阿诚收起了折叠椅、桌，靠在墙角，收起了晾在窗前、床头、柜门上的衣服，把小茶几和小沙发搬到家的正中心，再把可爱的晚餐摆上茶几。他靠在大门上观赏，等一下就让火柴坐在小沙发上，自己委屈一下坐在床上，然后吃完了晚餐就可以……

美妙的门铃响起，火柴回来了。阿诚一转身就开了门，累透的火柴直接就倒进了他怀里。阿诚一边搂着火柴的屁股，安慰着她，一边打量着她：齐肩的直发被弄

---

① 凯蒂猫，日本卡通形象。

成了卷曲的爆炸头，还是绿色的；细小的眼被粘上了一对扑闪的翅膀；粉嫩的唇成了惨白，隐隐闪着珠光。火柴的下巴倚在阿诚额头，委屈地颤抖着。

"阿诚，做模特真是……哇！"在火柴刚要开始抱怨时，视线就被茶几上的爱心晚餐吸引。

"这都是你做的？"火柴望着阿诚，眼睛眨起来的时候，两对小翅膀忽闪忽闪。她又变得像初遇时那般可爱了，阿诚心想。

"都是为你准备的，很高兴你终于找到了一份自己喜欢的工作，辛苦你了，我爱你！"

火柴咯咯咯地笑起来，久违的笑声，阿诚内心无限温柔，原来，他不是不想与火柴亲热，而是不敢面对她焦灼的脸。不过，现在好了，她也可以自食其力了。于是，阿诚一用力，紧紧将火柴抱起——

"啊……"

不曾想，火柴太高，被抱起后，她的头就撞到了天花板。

但火柴并不恼，她缩起脖子，捧起阿诚的脸，与他尽情相吻。

五

也许是听了太多情话，又或许是未来的蓝图令人心醉，火柴在那一晚做了春梦，梦的结尾却是她从一个美丽的悬崖上，直直地跳下去，伴随着高潮般的尖叫。

醒来的时候，阿诚已去上班。许是窗前没有晾衣服的缘故，这一早的阳光格外晃眼。火柴迷迷糊糊地从床上站起，脑袋却结实地撞到了天花板垂着的吊灯。她痛得缩起脖子，睡眼惺忪地走去厕所，又被厕所门框撞到了额头，这回她是彻底醒了，睁大双眼，望着和自己眉眼齐高的、被灰尘染黄的门框，有点慌。

怎么回事？火柴焦灼地四顾：挂着窗帘的车轨，末端竟有个迷你的蜘蛛网；衣柜的顶端，上面是杂物盒，盒子里装着无处可藏的杂志、报纸、本子、笔、几双破袜子、胶水、剪刀……；冷气机正对着她的双眼打鼾，横向分布的出气孔好像皱纹，每一道褶子里都布满褐色的尘……火柴害怕了，怎么回事，我难道变成巨人了吗？不对，这一定是噩梦！她赶紧躺回床上，平摊着身子，想要快点把这个噩梦完结，却发现双脚悬空——这个长一米九的床，已经容不下她！

惊愕的火柴坐在床上，魂不守舍地任时间飞逝，直到闹钟响起，才惊觉上班时间要到了。火柴这才焦头烂额地想要打扮，刚刚蹲到梳妆台前，尾椎骨就撞翻了衣柜对面的茶几，茶几上的玻璃花瓶碎了一地。她连忙起身，想要扫起玻璃碎片，却一头撞到吊灯，陶瓷灯罩打了个趔趄，灯光闪了闪，灭了。火柴一挥手，想要将撞歪的灯罩扶正，却一胳膊撞到衣柜门，柜门"砰"一声关闭，衣柜上的杂物丁零当啷地跌落。

火柴不敢动弹了，空气安静了，只余冷气机不断发出的鼾声。

我知道了，火柴忽然一个激灵，这房子已经容不下我了，它真的在缩小，它要把我吞掉！火柴被自己的念头吓得打了个冷战，随后便磕磕撞撞地逃出家门，任由一片狼藉在房间的胃里，慢慢被它的涎水消磨、浸泡。

六

走在街上的火柴，还不能很好地掌握平衡。她笨拙的双腿好似两根水泥柱子，不断地撞到身边的人，也不断地被人踩到脚后跟。一片密密麻麻的头顶，在她的眼皮底下不断流动、穿梭，她很想吐。但她还是没有停下来。她想，我不是怪物，我是模特，我的公司需要我，他们说过，我是完美的九头身美女。对，不是我太高，是这些人太矮小，他们晃来晃去的好可恶，我要快点离开他们，我要回到需要我的地方。

"你似乎有点太高了，这样的模特会吓死人的。"男人面无表情地看着她。

公司上方的冷气正对着火柴的双眼吹气，吹得她的心情愈发冰冷，唯有低头，却再次看到来自四面八方的同事们的仰望。

是不是所有人都会看到我的鼻孔和双下巴呢？火柴紧张地想着，第一次觉得自己丑陋极了。

"不过刚刚接到一个活动，我觉得还挺适合你，你先去试试吧。"

火柴这才仿佛被解除了魔咒，整个人恢复了一点精气神，心想，还好，还好。

这个活动，便是要火柴带上厚重的公仔外套，去假扮一栋高大的楼房，在人流众多的旺角、铜锣湾、尖沙咀等地方跳舞，为一个新的楼盘做宣传。

七

阿诚是在脸书上看到那个楼房公仔的。有朋友经过旺角，便拍了一段视频，发到了脸书上。他看到很多人评论，说房地产商为了宣传新的小户型楼盘，又出新招，打造"公仔楼"。嗤，什么公仔楼，名字可爱，还不是棺材房？阿诚觉得滑稽，现在的房子越做越小，但房价却越来越高，唉，可怜的香港人。他收起电话，靠在小巴的座椅上向外望。小巴疾驰过一个个楼苑，它们看上去那么相似，瘦长瘦长，外墙贴着马赛克砖，密密麻麻，肩并肩而立。而它们身上承载的那一豆豆亮着灯火的方窗，又挤着多少个不同的柴米油盐酱醋茶呢？阿诚看得倦了，眯上眼打盹，脑海又浮现昨晚和火柴的缠绵，嘴角不禁有些笑意，这都是久违了的甜蜜。他心想，火柴终于有了工作，可以固定留在香港了，今晚就去把结婚申请递交了，过几个月就能和火柴拿到结婚证了，然后再租个大一点的房子，生个孩子⋯⋯

阿诚到家时，家里没有开灯。他按了开关，吊灯却没有亮。灯坏了？阿诚在黑暗中，看到火柴站在床边的剪影。

"火柴？灯坏了？别怕，我回来了！"

火柴没有回答，仿佛在抽泣。

"怎么了？工作又不开心啦？乖啦，别再辞职了，我们要结婚的，对不对？模特很好啊，可以打扮得漂漂亮亮⋯⋯"阿诚一边劝说火柴，一边在黑暗中绕过迷宫一样的家具阵，向她走近，然后一把搂住火柴，这时他才发现，火柴不是站着，她是坐着呢！可是⋯⋯她怎么⋯⋯

"火柴，你……"

火柴在阿诚的怀里渐渐站起，阿诚的手划过她的腰、屁股、大腿……他望着火柴水泥柱子一般的四肢，还有被放大了三倍的脸，惊呆了。

"我很丑，是不是？我像个巨大的怪物，我的头把吊灯都撞坏了……"火柴捂住了阿诚的双眼，阿诚感到有眼泪大滴大滴地砸在自己的额头。抽泣声在细小的家里慢慢泛开，好像一滴泪坠在了宣纸上，一发不可收拾。

阿诚缓缓从他的眼皮上揭开了火柴的大手，然后捧在手心，轻轻吻了吻。

"我活这么大也没有见过你这么高的女孩子，而你也不嫌弃我矮，还要跟我在一起，我觉得你简直就是最美的人了。"

八

那晚之后，阿诚还是如期递交了结婚申请，火柴继续做她的楼房公仔。邻居经常看到高大的火柴，揽着娇小的阿诚，从超市、街市、花园、网球场、泳池……经过。他俩的生活，似乎没有什么特别大的不妥，除了房子越来越拥挤外。

为了让火柴不再双腿悬空地睡觉，阿诚索性把床给卖了，两个人就席地而睡。"终于舒坦了吧？"阿诚躺在比他宽三倍的火柴的怀抱里，轻声说。

"是的，我爱你，阿诚。"火柴紧紧地抱住怀里的阿诚，觉得他是世上唯一一个心疼自己的人了。

然而，半夜里，火柴一个翻身，就踢翻了挨在一起的小沙发、小茶几、床头柜……

望着一片狼藉，阿诚和火柴都不知所措。

"对不起……"火柴紧紧贴在墙上，小心翼翼地哭泣，生怕又打翻了什么家具。

"不要了，都不要了！"阿诚一股脑地把杂七杂八的家具全搬出去，就剩下桌子、椅子、衣柜——房子瞬间宽敞了。

再次安睡的阿诚当真累坏了，在火柴的怀里尽情打鼾。火柴睡不着了，直勾勾地望着天花板。有光影从窗帘缝里挤进来，爬上白色的天花板上，摆出鬼魅一样的姿态，仿佛在挑逗着火柴。

看你还能变多小呢？看你是不是真能把我吃掉？火柴对着天花板喃喃自语。

九

两个星期过去了，火柴已经习惯了公仔服里的世界。

有时她不用跳舞，只是站在街头，看着人们匆匆行过，在这个迷你的国际中心里，庸庸碌碌。只有那些真心想买楼的人，才会驻足，认真打量火柴，看看她公仔服上印着的电话、网址，然后拿手机拍下来。

"哇，这个好像OK哦，170呎一居室，月租才一万五，豪宅，有会所，什么都有哦。"一个年轻男子指着火柴的肚子说道，他手里牵着个小鸟依人的女孩。

"可是很小啊，我有好多好多好多衣服，好多好多好多鞋子……"女孩不开心地嘟起嘴。

"哎呀，反正就我们两个人住，小一点有什么关系啊，小一点才亲密嘛……"男孩当着火柴的面，亲了女孩一下，两人打打闹闹地远去了。

公仔服里的火柴，望着远去的小情侣，猛地记起自己和阿诚躺在样板间里，发的美梦。原来也过去了快一年了，火柴计算着，她又想起曾经不断见工的自己，忽然感到意外，自己竟然甘心于做一个公仔。不过，我这么高，这么奇怪，哪里还会容得下我呢？火柴心想，她望着眼皮底下从不停息的一片密密麻麻，觉得晕眩、晕眩……

十

火柴再次醒来的时候，是在医院的病房里。

"火柴，身体不适，就不要硬撑。"男人对她说。

火柴仍旧晕晕的。

"尤其是，有了身孕，更加不要勉强自己。"男人拍了拍她的肩膀，以表安慰。

火柴这才错愕地瞪大了双眼。

"对了，我们公司其实不会请孕妇做模特的，但我们觉得你的条件真的很适合做楼房公仔，所以呢，你考虑一下吧。"

火柴走出医院的时候，阿诚因为三个月来一直业绩不佳，而被老板炒了。火柴并不知道这一切，她还沉浸在得知怀孕的晕眩中，一路上走路也不记得鞠躬，不停地撞在不同的门框上，额头紫了也不察觉。

十一

阿诚走到家楼下十分忐忑，决定还是抽一根烟再上去好了。

要怎么告诉火柴，自己没了工作，可能未来的几个月都要火柴养这个家呢？阿诚喷出一口烟雾，仰望着雾中的万家灯火，一窗一窗地数下去，停在自家的那一个。

阿诚突然间希望手里夹着的这根烟，永远也不要被抽完。

但他始终还是要回家。

"亲爱的。"火柴将累了一天的阿诚抱了起来，让他坐在自己腿上。

阿诚勉强挤出一丝微笑，望着火柴。两人就这样对望了一阵，火柴忍不住了。

"亲爱的，再过十个月，你就会有一个白羊座的孩子了。"

火柴眨眨眼，却看到了阿诚脸上稍纵即逝的错愕、恐慌，她把阿诚放了下来，感到不安。

阿诚双手插在裤袋里，在家里踱步。没有了家具的房间，宽敞了一点，仿佛一切都回到了最初搬进来的样子。

"怎么了?"火柴的声音在家里小心翼翼地游出，生怕撞到了什么。

阿诚还在沉思的样子。窗外传来雨声。又下雨了。火柴伸手关上了窗户，也将其他人家的琐碎声，都关在了雨夜里，只剩下空调外挂机被雨水淋打而发出的响动。

"火柴，要不你等过几年，再生个其他星座的孩子给我?"终于，阿诚在角落里说出了这样的话。他没有抬头，怕看到火柴失望的下巴。

我就知道是这样，火柴心想。

呵，什么美好的期盼啊，蓝图啊，都是狗屁。还不是害怕养我、养孩子。看看现在这都叫什么？看看这家里还剩下些什么？落地窗呢？圆形床呢？海景呢？呵。

火柴终于爆发，一边恶毒地碎碎念，一边在家里来回打转，不停地撞到吊灯，家里的灯光不断地旋转、旋转。

阿诚望着火柴在地上的影子，像是一个庞大的怪兽在爬来爬去。够了，他想，真的够了。这个荒芜的家，和不断晃悠的灯光，都令他想吐。

"火柴。"阿诚吐了这么一句，在角落里。

火柴停了下来，似乎还是有所期待。

"火柴，别闹了，这房子装你一个巨人已经够了，你还想再生一个怪物？那我去哪里找地方把你们藏起来？"

十二

小巴在雨夜里急速驶过，溅起一片积水。红色的、蓝色的、黑色的、粉色的、薄荷绿的、孔雀蓝的、豹纹的、心心的、星空的……各式各样的伞，在夜空中绽放，流动。

火柴没有伞，她在雨里奔跑。雨水打得她肩膀疼。她见到地铁站在雨水里红得发亮，便迅速钻了进去。

咣当咣当。咣当咣当。咣当咣当。

电梯像响尾蛇一样，一边发出噪音，一边向上攀蜒，肚子里装满了被雨水浸泡过的乘客们。汗味、狐臭、甜的香水味、花香的香水味、青草的香水味……都挤在一起，不断地蒸发，就要爆炸。

火柴颤抖着她那微醺的庞大骨架，在这一片体味里翻滚、碰撞，被人流冲进车厢，头不断地磕到门框、车顶、车灯、扶手……她便低头，却更加贴近拥挤的世界：头顶，花白的、秃的、黑色的、棕色的、粉色的、绿色的、蓝色的、黄色的、白色的……头顶；手机屏幕，脸书页面、自拍、合影、跳舞视频、弹吉他视频、化妆视频、文字、一段段、一行行、英文、中文、法文、日文、游戏、愤怒的小鸟、糖果、弹珠、指派、麻将……充满了手机屏幕；眼神，恐惧的、好奇的、嘲笑的、惊慌的、迷茫的、死鱼一样的，眼神，从下往上地挤上来，挤到火柴的眼皮底下……

受不了了，火柴猛地抬起沉重的头，她的脸庞完全贴上了车灯，冷气直吹她的门牙缝，但她却由内而外地觉得舒坦了——唯有抬头，才可以回避那一片拥挤和密密麻麻。

十三

火柴醒来的时候，是在一张长长的石凳上。四周都是摩天大厦，玻璃幕墙在街灯下闪着星光。有巴士疾驰过的声音，仿佛从远处传来。

这里是哪里呢？火柴起身，缓缓地走动。四周都很安静，夜正睡得深沉。沿路都零星散着长廊，廊子里有石凳，凳上竟都躺着人。

火柴蹑手蹑脚地走过，生怕惊醒了凳上的梦。她不敢看清那些人的面庞，怕是疯癫的，抑或鬼魅。但她却听得清楚那些沉重、安逸的呼吸，仿佛是融入自然的灵魂。

她开始奔跑，一路望向天空，没有了日光的霸占，天空是如此的高远、空旷，而天空下的她，又是如此的细小。她终于觉得不再挤了。

"哗啦——哗啦——哗啦——"海水的浅唱，从不远处的码头传来。停泊的船只，在夜色里安静地沉睡。雨后的微风十分温柔，抚摸着火柴的眉眼，勾起她的下巴，她的四肢忍不住随风荡漾起来。火柴感到微风和海声要渗入她的每一寸肌肤、每一个毛细孔，她觉得空气中飘着自由的味道——久违的畅快。

我们和它再近一点，再近一点，火柴抚着小腹，喃喃自语，然后，她开始脱衣服。

　　耳环、项链、手镯，抛进海水里。衬衫，撕开纽扣，跌在地上；胸罩，飞上天，乳房被海风捧在手心；牛仔裤，坠到海底，发出沉闷的声响；高跟鞋，倒在水泥地上。

　　火柴赤条条地站在夜色里，尽情地舒展身体，仿佛再次回到水里的鱼，再也不怕一不留神就掀翻了天花板、打烂了玻璃窗。她举起双臂，夹紧耳朵，踮起双脚，轻轻一跃——那水泥柱一般的身体，在海水里变得光滑、湿润、畅快。

　　亲爱的，我们终于不挤了，我带你回家，回家。火柴抚摸着小腹，喃喃自语，吐出一串串气泡。然后，她继续奔跑，在海里，在阿诚的担忧里，在腹中生命的美梦里。

破茧

母亲一推开家门，便央求着王生给她把脉。

"哎呀，几个月不见你，皮肤都差了！"母亲的声音是沙哑的，像是海螺里听到的风。

黑暗里，她踏着平底凉鞋，踩在实木地板上，双手插在阔腿牛仔裤兜里，双脚微微外八，目不斜视地朝客厅的圆桌走去，一屁股坐在餐椅上，她白色雪纺的无袖上衣，在黑暗里反着光。

"啪——"王生在不远处按亮了客厅的灯，整个家才被点亮了。

他换了拖鞋，除去外套，走向母亲，挽起衣袖，露出他厚实的手掌。

母亲扬起她不施粉黛的瓦刀脸，露出光洁的额头；她铜黄色的肤色，和一笑起来就往上挑起的眉眼，使她看上去仿佛刚出土的埃及陶塑，充满原始的野性，却又叫人生畏。

"来啊，我准备好了。"母亲将两条赤裸裸的胳膊横摆在餐桌上，桌面是黑色的胡桃木，生着发丝一般的细纹——这是母亲挑选的。

王生在母亲对面坐定，他头顶上悬着一盏吊灯，发着黄晕的光，映着他地中海的头顶亮彤彤。

"还是要先看看你的舌苔，啊——"王生并不被母亲的活力所感染，一本正经。

"哎哟，刚才吃饭都看半天了，你直接把脉吧，又不是第一次把我了，你还不知道我？哈哈。"母亲笑起来的时候，马尾在她颈后摇来摆去，蝴蝶就在母亲的背后望着这马尾，仿佛望着一条美人鱼摇摆——四十出头的母亲，还是满身用不尽的活力。

"欸，蝴蝶，你也要让你老公多帮你把把脉呀！你看，他这手往我胳膊上一放，我心里就舒服！"母亲唤着蝴蝶，却连头也不回。

蝴蝶还是听话地凑过去，她看见王生短粗圆厚的食指、中指、无名指有序地摁在母亲的脉搏上，它们微微用力，母亲铜黄色的皮肉便相应地向下塌陷。这样的指力总让她想起幼时学弹琴，老师为了示范她正确的力度，便每次都用手指在她手背上弹跳，那时她还觉得有点疼，但不敢说。

母亲很喜欢让王生把脉，可蝴蝶并不喜欢。脉搏隐藏了人体里各个细胞的秘密，蝴蝶不喜欢被指头看穿了，除了七年前，她照着母亲的旨意，故意熬坏了身体，再专门从深圳到香港造访王生，每一日都委托王生给自己把脉。那时蝴蝶的胳膊比现在更纤瘦，仿佛一个尘封多年的标本，轻轻用力就会被折断。王生是懂得怜香惜玉的，他不仅没折断蝴蝶的胳膊，反而逐渐地使这终日发凉的肉体，在他有力的指头下，变得温润些，而他的指头也顺着这小骨架，一路弹跳，去了蝴蝶身体的最深处。那时的王生还是有家室的，和病人出轨，是他愧于面对的。而蝴蝶并没有，毕竟，这不是第一次在母亲的策划下，去诱惑一个有妇之夫了。蝴蝶本以为王生会和之前的"猎物"一样，给自己一笔钱，便不再联系，而王生却向她坦白：妻子已经和自己分居半年，就等自己在离婚协议书上签字了。

"不如我们结婚吧。"王生求饶一样握着蝴蝶的小手，一对镜片泛着油亮的光。

"那好啊，你跟了他，七年后，你就是香港人了，然后我也可以成香港人了，何乐而不为！"母亲那时候两眼放光，像是发春的野猫。

可蝴蝶不愿意。她那时才二十岁，但王生已经四十三了，最重要的是，蝴蝶还有一个和自己同龄的初恋男友，并深爱着他。

"蠢！"母亲拿她坚硬的指关节，敲着蝴蝶的额头，发出"噔噔噔"的声响。蝴蝶的额头并不高，整个脸颊苍白，清瘦的下巴，尖得像个狐狸，除了那一对一笑就向上挑的眉眼，其他没有一个地方像母亲。

而伶仃的蝴蝶，为了爱情也可以倔强，既然母亲关了她的禁闭，她便彻底绝食：要么就让她和男友在一起，要么就让她死——那母亲便再也没了经济来源。这样的对峙坚持了几日，王生不断地打来电话，说要和蝴蝶谈谈，而蝴蝶的男友也多次在楼下徘徊，喊着蝴蝶的名字。

直到有一天，母亲丢了一沓照片在蝴蝶那苍白的脸上，照片上都是蝴蝶和不同老男人约会的身影，它们像刀片一样散落在地板上，反着光。

"要么你嫁到香港去，要么我就去你的小男友那儿揭穿你，你自己想！"母亲双手叉腰。毒辣的日光从窗外射进来，母亲在阳光下却宛如女神，高大而宽阔。那一瞬间，蝴蝶忽然觉得，母亲就是上帝吧，起码在蝴蝶的世界里，母亲可以主宰一切。这就是命吧。

想到这，蝴蝶号啕大哭。

母亲知道，蝴蝶一哭，便是认输。蝴蝶从小就这样，母亲清楚得很。于是，她一把将蝴蝶揽进怀里，一如过往每一次的和解——轻轻拍着蝴蝶窄窄的后背，安慰着："妈妈都是为你好，你明白吗？都是为你好……"

蝴蝶没有吱声，只是哭，用尽所有力气恸哭，每一口气都像一发子弹，指向母亲的胸口，也殆尽自己的精血。她想，就这样让我哭死在你的怀里吧，让我缺氧吧，让你永远地失去我吧。

可命运偏要蝴蝶活着，还要按母亲的计划活着。

她离开家时，什么也没带。母亲也不许她带。

"你带了东西，那男人便不会给你买了，男人都是这么鸡贼的。"母亲陪她走在去往关口的路上，一路上不停地叮嘱。这画面让蝴蝶想起小学时学的一首诗，叫《游子吟》：

慈母手中线，

游子身上衣。

临行密密缝，

意恐迟迟归。

谁言寸草心，

报得三春晖。

母亲并不喜欢诗，但她还是听完了，沉默着，摩挲蝴蝶瘦弱的肩头，梦呓般念叨："如果当年我没有生你……"

如果当年母亲没有生蝴蝶，她说不定已经是舞蹈学院的教练了。生蝴蝶的时候，母亲才十六岁。父亲是谁，为什么要离开，母亲从来没说过，蝴蝶也不敢再过问，之前只要她问起，母亲便会恶狠狠地拿眼剜着她："还不是因为你。"

到站了，蝴蝶该下车了。母亲才如梦初醒，两眼炯炯发光，抓住蝴蝶的手说："记住，你一定要爱自己，没有男人会像你自己一样爱你。他们除了上床，没有什么好东西了。"

母亲临别时的手好似枷锁一样，这么多年，一直紧紧铐在蝴蝶的手上。时至今日，蝴蝶眼看着这双铜黄色的手，平躺在自家的餐桌上，那么乖顺，好似两具死尸，可蝴蝶依旧没有丝毫被松绑的快感，她只觉得这枷锁刚从手上解锁，就被架到了心头。

手机在蝴蝶的口袋里振动起来。她并没有立马把手机拿出来，而是悄没声地从餐厅退了出去。母亲还在叨叨着"哎呀，我最近呢，总也睡不好……""是啊，这么多年我都一个人住……""你看看，我要吃点什么才能消除我的眼袋……"，声音渐渐离蝴蝶远了——她已行至阳台，轻轻合上了玻璃门，完全地将母亲的声音隔离开。

手机在黑夜里亮了一方天地，屏幕里那句"想你"映在蝴蝶的脸上，终于让她心中的枷锁松了几分，她舒服地微笑起来。想不到二十七岁的蝴蝶，一笑起来还会有苹果肌，比少女时的她还圆润。嘴唇也不像七年前时那般终日无色，桃色的唇膏让她的笑意成了一簇夹竹桃，远远望着就让人想闻，哪怕中毒也在所不辞。朋友都说是蝴蝶命好，嫁了个懂中医的好老公，才会有这好气色。而只有蝴蝶知道，如果不是两年前的偶遇，她是早已被这死水一般的婚姻溺死了。

初为人妇的蝴蝶，是毫无经验的。偷情的时候，母亲告诉她，她的目标就是引诱男人与她做爱。

"你有一种与生俱来的可怜，这可怜足够吸引他们。"母亲捧着她苍白又精致的脸，仿佛给她打气。

一次次的成功，让蝴蝶相信，原来不管婚姻幸福还是不幸福的中年男人，都是愚蠢的。他们大多数一见到蝴蝶，便觉得这女子根本脱不了他们的手掌心，她是那么伶仃，单纯，无知无畏，无论谁对她示爱，她都不会拒绝，亦不会追问结果——这简直就是免费又美味的羔羊肉。贪吃了羔羊肉的狼没有想到，前方还有一只猛虎般的母亲，正张着血盆大口。

而当蝴蝶真的踏入了婚姻后，反而不知道该怎么做了。

　　她仿佛失去了继续诱惑王生的动力。王生也从不主动，在自己的生物钟里稳如泰山：他早六点打坐，晚十一点侧卧睡眠，算准蝴蝶和他都血气皆协调的日子才会行房事，否则伤身。蝴蝶觉得奇怪，偷情时的王生也并不这样固执，怎么一踏入婚姻，就一定要按照他的时间来过日子呢？不冷不淡的关系僵持着，直到入了冬，蝴蝶大病一场，好在有王生照料，一餐不落地给她煲药、煨汤。不久便到圣诞，整个香港都融化在圣诞老人的温情里，王生也休假了，整日在家陪着蝴蝶。蝴蝶精神好的时候，会弹琴给王生听。王生在蝴蝶身后看着，轻轻抚摸她柔软的头发。有一次，蝴蝶正弹得入神，王生忽然从她背后揽住她，认真又强烈地亲吻她的面颊、下巴、脖颈，她的后背压倒黑白琴键，发出"噼噼砰砰"的狂想曲。从那之后，蝴蝶才终于找回一点恋爱的感觉。她仔细想过，如果初恋男友的爱是纯真且热烈的，而王生的爱则是需要慢火炖着的，好似一剂中药，可以保养自己，让自己更柔软。她忽然有点想念母亲，甚至觉得自己错怪了母亲。

　　可每次蝴蝶打电话给母亲说起和王生的感情时，母亲只是冷冷地说：

　　"别吃胖了。"

　　"吃成一个肥婆你看他还要不要你。"

“你傻啊，光喝药有用吗？你要让他给你物质上的补偿。”

“钻戒有吗？名包有吗？让你嫁到香港去，不是要你天天喝药的。”

“短暂锁住他是没用的，起码要锁七年。”

“跟你说过多少次，要爱自己，你连自己都不爱，怎么指望他爱你。”

这样的话听多了，蝴蝶的心也就逐渐冷却。是啊，这不过是一场互相利用的婚姻，哪有什么爱可言。还是安稳地熬过这七年，让母亲如愿地搬来了香港，便算交了差，反正我的爱一早就死了。蝴蝶这样想。

平淡的日子里，蝴蝶觉得自己也随着王生步入了中年。有段时间，她爱上坐巴士。香港的双层巴士很通透，坐在上层的时候，阳光从四面八方洒进来，像身处一座移动的玻璃樽，梦幻极了。蝴蝶常常不考虑终点站，只想坐上去，靠着窗子看风景。香港有很多山路，她看着车轮下的马路弯弯曲曲，高高低低，像蛇一样，不停地向前蜿蜒，却总也没有尽头，好像她这婚后的生活，顺着清心寡欲的轨道滑下去，一滑也就滑了五年。而她仿佛一直在这玻璃樽里盹着，忽然一日醒来，发现对面坐着一个似曾相识的男人。

那男人戴着一顶黑色的帽子，扎着很短的马尾，穿黑色的夹克和布满破洞的牛仔裤。他双手抱胸，头低着，蝴蝶只能看见他高耸的鼻梁突兀在阳光下，厚厚的嘴唇微张，不知是否睡着了。

蝴蝶看不清楚他的样子，但她却莫名觉得这男人故意低着头偷瞄她。她觉得这人无论是发型还是打扮，甚至那高耸的鼻梁都像极他的初恋男友，阿杰。

巴士走走停停，蝴蝶的额头抵着窗，经过阳光也经过树荫，她脑子里不断回想和阿杰的往事。她想起和阿杰一起在教室里打闹，一起在操场上写生，一起在树荫下接吻。阿杰总是喜欢一把将蝴蝶抱起来，放到自己的肩头。"准备好，要起飞啦！"阿杰一边喊着，一边跑起来，蝴蝶听到树叶在耳畔发出"唰唰唰"的声响，那一刻，她以为自己真的飞上了天。

想了这么多，可蝴蝶却怎么也想不起阿杰的脸了。那是一团十分模糊的光影，在她的脑海深处泛着树影一般的朦胧。这么多年过去，他也许早就结婚生子了吧，蝴蝶想，不知他是不是恨我，恨我没有解释，就离开了他。

车到终点站，车灯熄了，乘客陆续下了车。可蝴蝶仿佛还没醒过来，呆呆地靠在窗边，直到她听见细小的抽泣声——她惊醒，发现车上只剩自己和对面的男人，而那男人在抽泣。她惊慌起来，立马起身，欲下车，却被对面的男人一把拉住。昏暗的光下，蝴蝶终于望见了男人的脸，她差一点就要尖叫了，但男人却抢先将她紧紧抱入怀里。

是阿杰，真的是阿杰。蝴蝶在心里飞舞起来。

那一刻，蝴蝶终于推翻了曾经坚信的一切：母亲不是我的上帝。真正的上帝要我和阿杰在一起。

"对不起，今天我妈来了，所以没有找你。"蝴蝶耳语一般对着电话说。阿杰的声音从听筒传进来，依旧十分温暖。蝴蝶望着阳台对面，那是另外一栋单元楼，密密麻麻地亮着一窗窗的灯。"很想你在我身边啊。"蝴蝶又加了一句。她多想和阿杰能有自己的一方天地呢。

"不能跟你说了，怕我妈怀疑，明天还是十点，在你的房间见。"蝴蝶对着话筒亲了一下，才终于挂断了。蝴蝶整理了一下表情，让笑容归于平淡，一转身，却隐约见到玻璃门边闪过母亲的阔腿裤摆。蝴蝶心里一惊，难道母亲在偷听吗？她有点乱，在阳台踱步，左手揪右手，满手心都是汗，直到出了客厅，发觉母亲正在沙发上认真煲电视剧，一边跟王生喋喋不休"她演技好烂，还不如让我来演"，才放松了。

别太紧张，蝴蝶这样劝自己。

蝴蝶的约会如期进行。中午，她在阿杰的裸露的臂弯里闭着眼，仿佛睡在一片碧蓝色的无名海里，醒或不醒都好。

"什么时候才能带着我去见你妈呢？"阿杰一边轻轻揉着蝴蝶的耳垂，一边问着。

"等这一年过了，我拿到了香港永久身份证，便可以谈离婚了。"蝴蝶睁开双眼，忽闪忽闪的眼睛，望着阿杰笑，剪碎了洒在他额上的阳光。

"这个月少人来剪头发了，老板好像很不爽。"阿杰叹气。

蝴蝶不知道该怎么安慰阿杰，只能亲吻他，阳光一般，扫过他的额、肩、手指。

"房东又来催我交租。"阿杰从枕头下摸出一根烟，叼在嘴里，还没有点燃。

"差多少？"

"三千。"

蝴蝶静了一阵，又从被子里爬出去，裸着上身蹲在地上，从手袋里掏出一沓钱，放到阿杰手里。

"你先用吧。"

阿杰没有说话，房间只剩下电脑在哼着爵士乐，都是听不懂的情啊爱。

半晌，阿杰一头栽到蝴蝶胸前，肩膀颤抖着，仿佛哭了："我就好像是这里的垃圾一样，你懂吗？垃圾，狗，废物……"

蝴蝶听惯了阿杰说这样的话，她便轻轻抚着阿杰的后脑勺，说："会好的，等我离婚了，我们都会好的。"

从阿杰的宿舍里出来，便是一条街市，两边各种摊铺，兜售着廉价的内衣、水果、锅碗瓢盆。蝴蝶挤在人流里，忽然就被一只手狠狠拽住，她一回头——是母亲。

"你脑子进屎了吗?！"母亲沙哑的声音在人流之中汹涌着，蝴蝶仿佛一瞬回到孩童时代。那时候，母亲总是在校门口、小区花园里、钢琴教室里……这样将蝴蝶一把拎起，然后戳着她的额头，大声地训斥她。

"住在这种地方的穷光蛋，你跟他偷什么情!"母亲果真还是用那坚硬的指关节，使劲敲她的额头。这么多年不在一起生活，母亲还是没有变。

蝴蝶又记起了孩提时的伙伴，总是围成一圈，笑着看母亲教训她，第二天遇见蝴蝶的时候，还扮作母亲的样子，用稚嫩的手指，戳一戳蝴蝶的额头。蝴蝶此刻觉得额头火辣辣地疼，她听到一个声音在对她说，反抗，反抗。

就是一瞬间的事儿，母亲竟被蝴蝶一把推倒在地。趴在地上的母亲，像一只被咬了的母狗，恶狠狠地仰望蝴蝶，想要反咬，才忽然发觉，蝴蝶已不是多年前那个瘦小的女孩了。她过了七年的好日子，有了血色，更圆润了几分，她不再会被自己一把拎起了。

而后，轮到母亲哭了。她并没有出声，但眼泪唰地跌下来。

蝴蝶这才连忙把母亲扶起来，抱住母亲："妈，别这样了，好吗？我们回家，我们回家……"

母亲不理，也不动弹，只是木讷地重复着："我都是为你好，为你好……"声音沙哑而低沉，仿佛乌鸦在哀怨。

这次争吵过后，母亲仿佛对蝴蝶没那么狠了。王生不在家的时候，就剩母女俩独处。蝴蝶弹琴，母亲就在一边听着，也不说什么。偶尔地，母亲会一边在厨房洗水果，一边问起蝴蝶偷情的事情。

"其实他就是我的初恋男友。"蝴蝶啃了一口苹果，在沙发上坐下。

"啊，是他……怎么来到香港的？"母亲还是在厨房，两人就隔着一个走道聊天。

"他有朋友在香港，介绍他来香港做理发师，不过不怎么赚钱，老板很小气。"

母亲不再说什么了。

那段时间，阿杰的心情一直很差，总说自己忙着赚钱，时间不够了，一定要在蝴蝶离婚前赚到一笔钱。

"他都几天没跟我打电话了！"蝴蝶也开始跟母亲抱怨了。

"他会不会有别人了？男人都是花心的，尤其他这个岁数的。"母亲一边修着指甲，一边念叨。

"不会。如果换作别人，我会觉得有变心的可能，但是阿杰肯定不会。"蝴蝶十分笃定。

母亲不反驳。

"真的，阿杰对我特别好，他除了工作，所有的时间都在陪我……"

"买什么礼物给你了吗？"

"陪伴就是最好的礼物呀！"

母亲又不出声了，半晌才又想起什么似的："你别总是心神不宁，小心被你老公发现！"继而又自言自语般，"不过谅你老公也不敢怎么着，他为了你都毁了一个家了，没理由再毁一个，也没这个资本……"

这样的对话让蝴蝶感到陌生，却又十分开心。二十七年了，她好像从来也没有像现在这样和母亲轻松地聊过感情。每一次提到感情，不是钱，就是恨。蝴蝶也不知道为什么母亲会忽然变了，也许，是母亲老了吧。人老了，总是会温柔几分的。蝴蝶望着眼前低头洗茶的母亲，觉得日子真的要好起来了。

那段时间里，母亲好像加入了一个什么"港漂圈"，每隔几天都要独自外出和人聚会，每次出门的造型都不同，一会儿是紧身连衣裙，一会儿是牛仔背心加短裤，总之怎么看都不像是个二十七岁少妇的母亲。

"你还真是个交际花！"蝴蝶笑着送走了母亲，面对着空荡荡的家，便给阿杰打电话，可听筒里往往传来"已关机"，没办法，蝴蝶只好一个人去坐巴士，消磨时间。

有一次，母亲和王生都不在家了，百无聊赖时，蝴蝶忽然收到阿杰的短信："宝贝，我终于有钱了。现在就想见你，爱你。"蝴蝶心花怒放的瞬间，又觉蹊跷：阿杰很少在上班时间给自己短信，而且除非提前约好，否则不会发如此露骨的短信给蝴蝶，怕被旁人发现。

也许是真的有了什么喜事，忍不住要告诉我？蝴蝶心想着，就又兴奋起来，来不及打扮，就飞奔出去了。这一路十分的忐忑又漫长，蝴蝶在心里幻想各种可能，他要求婚吗？他买了戒指给我吗？这下可以告诉母亲，阿杰真的对我很好了。

然而，接下来在阿杰家看到的一幕，是蝴蝶永生难忘的。

阿杰宿舍的铁门没锁，蝴蝶一推就开了。

房间是大通间，蝴蝶一进门就看见阿杰赤条条地趴在另一个裸体上面，正像狗一样的喘着气。蝴蝶惊呆了，却动弹不得，一直望着阿杰的后背拱着，臀部不断抽动，发出沉闷的呻吟后，逐渐恢复平静，然后翻了个身，露出刚刚被压在下面的裸体——她这才发了疯地尖叫起来："妈！妈！啊——"

阿杰惊得跌在床下，神色大乱，遮住身体，匍匐爬到蝴蝶的脚下，抱着她的双腿，不断解释："蝴蝶，蝴蝶，你别激动，你听我说，我在赚钱，真的，我根本不认识这个老女人，但我想赚钱，赚钱，为了你，为了我们，蝴蝶，你听我说……！"

相比之下，母亲就冷静得多，她赤裸裸地坐在席梦思上，双腿盘起，举起右手，手里紧握着阿杰的手机，像是挥起一把胜利的旗帜。她一脸冷漠地看着蝴蝶，仿佛在告诉她："瞧，我说过了吧，男人都是花心的，你唯有爱自己。"

这一次蝴蝶没有哭。她忘了自己是怎么回到家的了，她只记得，一路上，母亲沙哑的声音都在她耳边回荡："你蠢呐……""他是不是有别人了……""男人都是花心的……""你一定要爱自己……"这声音又夹杂着阿杰的："我没钱了……""我是狗……""忙……""为了你……为了我们……"

到家时，家里还是没有人。蝴蝶望着这个家：两室一厅，客厅四四方方，深棕色的实木地板，铜绿色的真皮沙发，上面铺着象牙白的针织毯。沙发前摆着玻璃茶几，茶几上立着一个花樽，花樽里插着白色的百合花。茶几正对着 42 吋液晶电视。电视旁便是圆形的黑色胡桃木餐桌，上面还摆着一篮刚刚洗过的提子。餐桌后面的墙上，挂着一张放大的婚纱照，上面是二十岁的蝴蝶和四十三岁的王生，两人紧紧相偎，背后是一片海，很有一种海枯石烂的味道。

家室坐北朝南，一切都窗明几净的样子。家不临街，听不到车辆的嘈杂。家里的一切都静悄悄地望着蝴蝶，仿佛在诉说着岁月静好。

蝴蝶收回了目光，继而冷眼瞪着天花板，自言自语道："这都是你一手营造的好生活，但这不属于我，我要毁了它。"不知道她是在对上帝说，还是在对母亲说，反正母亲也等于她的上帝了。

之后的几天里，母女俩仿佛什么也没发生似的，相安无事。阿杰不断地打来电话，都被蝴蝶拒绝，直到蝴蝶换了电话卡，才消停了。而蝴蝶的胃口却变得十分好，王生不在家的时候，她常常一个人跑去吃麦当劳，一吃就吃好几个套餐。几个星期下来，蝴蝶竟胖了两圈。起初，母亲还以为蝴蝶怀孕了，生怕是阿杰的孩子，但王生坦白，自己早就失去了生孕能力，而蝴蝶也没有喜脉，只是胃口特别好罢了。母亲这才知道蝴蝶的用意。

"你是在作死吗？你这样子，谁还会要你？"王生不在家的时候，母亲又握住了蝴蝶的胳膊，不曾想，那胳膊已浑圆有力，一把就把母亲甩到了一边。

"我都是为你好……"母亲还是喋喋不休，却失去了曾经的那股不容置疑，声音很快就被房子吞蚀了。也许，她自己也开始怀疑，自己一直以来，是否真的只是为了蝴蝶好呢？

母亲望着蝴蝶横行而去的背影，觉得这一次，自己是真正的失去了控制力。

王生并不嫌弃蝴蝶发胖，他之前倒一直觉得蝴蝶过分瘦了。但不久，蝴蝶常常浓妆艳抹，穿着低廉地去夜店，宿醉而归。这些时候，王生才发了脾气。他用力地揪着蝴蝶的肩膀，摇着她："你到底怎么了?！"可蝴蝶却用呕吐来回应他。

起初几次，王生还试图煲汤、煲药来调理蝴蝶，可蝴蝶一次次的拒绝，真叫王生恼火了。有一次，王生在蝴蝶吐得不省人事时，一拳重重地砸到了墙上，"砰——"墙上的婚纱照跌落在地。母亲连忙跑过来劝架，却被王生一把推开：

"这就是你的好女儿?！"

再后来，王生开始没有心思工作，也常常不回家了，经常和老友喝酒。

"我老婆疯了……我老婆疯了……"

他甚至还找回了前妻："怎么办，我现在该怎么办……"可前妻已经有了新的生活，寒暄了几句便把他打发走了。

那一晚，王生喝得醉醺醺的，他一推开家门，就看见几个古惑仔打扮的男人，在客厅里和蝴蝶喝酒、亲热，而母亲却躲在卧室里。王生立马急眼了，冲进厨房就抄了把菜刀，吓得古惑仔一拥而散。母亲听到动静，连忙跑出来，只见王生一手掐着蝴蝶脖子，一手举着菜刀。母亲疾步冲上去，推了一把王生，无奈王生太敦实，力量反弹，将母亲自己推倒在地。王生仿佛清醒了几分，扔下了菜刀，只是双手仍掐着蝴蝶的脖子。

蝴蝶那一刻觉得自己快死了，但她还是挣扎地抬起头，死死与母亲对望，仿佛在告诉她："看，这就是你帮我精挑细选的好男人，这就是你一直追求的好生活。"

母亲趴在地上，竟然号啕大哭起来："我真是作孽……我为什么要生了你……我都是为你好……"

蝴蝶听着听着，终于露出了胜利的微笑。她挣扎地呼吸着，第一次感到，这房子里的空气如此的清新。这么多年，母亲一直以爱之名，做了一个茧，把自己紧紧裹在里面，如今，她终于靠自己的力量，将这该死的茧撕碎了。蝴蝶的呼吸越来越微弱了，她想，我就要化蝶了，我真的可以起飞了。她闭上了眼睛，仿佛又听到了树叶在耳边发出"唰唰唰"的声响，她感到上帝真正的光在抚摸着自己的眼皮，然而，就在这一刻，王生忽然就松开了双手，泄了气一般，整个人趴在蝴蝶身上，他滚烫的泪滑到了蝴蝶衣服里。

"别这样了……求你了，除了你，我也没有什么了……我的婚姻已经失败过一次了……"王生在跟蝴蝶求饶，这语气就和七年前求婚时差不多，"我还能对你好，对你妈好……"

这一刻，蝴蝶胜利的笑容没有了。树叶的声响没有了。清新的空气没有了。她呆呆地望着天花板，也望不穿什么。也许，这就是命吧。恍惚间，蝴蝶仿佛又听到母亲那把沙哑的声音在耳畔回荡："如果当年我没有生下你……"这声音把一些叫作责任和道德的东西，一点点召回，它们覆在蝴蝶的身上，咬着她的皮肤，饮着她的血液。

第二天，蝴蝶又早早地起床，喝了几个月来一直拒绝的中药和汤，吃了母亲买的减肥药，一切都仿佛朝着几个月前的生活飞快地滑去。

婚纱照又被母亲重新挂在了墙上。

"哎呀，相框磕坏了。"母亲又开始念叨了，她那铜黄色的手，轻轻摩挲着相框裂开的一角。

"没关系，下个月再去照个新的。算是庆祝七周年了。"王生一边穿鞋，一边说。然后，他穿上了外套，开了门，去上班了。家里静了下来，又只剩下母女俩了。

透明女孩

阿简望着镜子，觉得自己又变淡了一点。原本稀疏的刘海，泛着枯燥的棕，而生来就深棕的双眸，愈发浅了；面皮薄如宣纸，在灯光下能望见微青的脉搏；整个人好似洗烂了的白衬衫，尽管仍是白的一片，却再也没了色泽，丢在强烈日头下，也反不出光来。

"天生就是这副死人相。"阿妈白了阿简一眼，眉头拧得更紧了，手却没闲下，弯腰从掉了漆的柜子里翻出一个牛皮纸箱，箱里满满当当摆着几个铁皮圆罐。她抱了其中一个出来，搁在灶台上，再熟练地开罐，用内里的小勺，兜了几勺在碗里，走去兑热水，"几廿蚊一碗，你以为我好想给你饮？"阿妈一边端给阿简，一边念叨，"快饮了它，面色什么都好了。"

阿简连忙接过汤碗，抿嘴微笑："多谢阿妈。"再闭上眼，跟着阿妈对天祷告几句，随后才咕噜咕噜喝个饱。

自从阿爸从家里搬走后，阿妈就开始在网上做这些营养食品的生意，随带而来的还有许多和阿妈年龄相近的阿姨们，她们时不时会来家里跟阿妈祷告、念《圣经》、聊些生意上的事，再带些不同食品的小样来尝鲜。

"叫阿简也来加入我们啊，"说这话的是红姨，发色是酒红的，指甲是鲜红的，潮汕人，几年前嫁来香港，但由于签证问题，没得打全职工，好在还有这营养品的生意可做，"叫她拿点小样，带去卖给同学。"

阿妈回头望了阿简一眼，暗自点头，双眼微眯，眼角泛着光似的。

从那之后，阿妈总会抓几袋试用装，丢在阿简的背包里，给她个期限，让她拿回钱来——这一天也如常。

"多拿几袋去卖。"阿妈一边把汤碗洗了，一边碎碎念，"把今天喝的这碗给我赚回来。"

阿简点头允诺，但心里是怕的。尽管无数次听过阿妈如何对着电话，发出长长的语音信息来劝说好友购买这样那样的营养品，她依然钝于对同学推销。

阿简本来高考一结束就去打工了，在香港观塘的一家小型公司里做文职，每个月大概九千港币。即使所有工资都交给阿妈了，但阿妈还是嫌她赚得不够，便催她去读个社区大学，拿个学院级别的文凭，"问过社工了，学院毕业的人，怎么也能拿一万以上的月薪。"于是，阿简用自己的银行户口，找政府借贷交了学费，读了某社区大学的英文系。

阿简为了不让同学笑话自己，便隐瞒了二十四岁的真实年龄，但时常觉得自己与刚刚成年的同学们插不上话，或许是因为他们喜欢谈论的韩国明星她不认识，又或许他们画了这样那样的眉毛、买了这国那国的手袋而她总是素面朝天、翻来覆去地穿那几件童装一般的 T 恤加牛仔裤——反正她总是一个人坐在教室的第一排最左边，除非需要小组作业，她基本不会主动与人交流。

"早晨①。"几个月前，为了完成阿妈的任务，她第一次尝试跟社区大学的同学介绍营养品。

"嗨。"接话的是特蕾莎，她来迟了，抱着一沓 A4 文件夹，匆匆落座在阿简身旁，飘来一股浓浓的香水味；面尖尖，头发卷成 S 形，散在肩头，双眼深邃，擦深灰色眼影，鼻梁高挺，嘴唇总是红润的，喜欢穿紧身的素色背心，外套一件牛仔衬衫——阿简觉得她美极了。

"嗯，对了，不知你有没有听说过……"阿简推了推金丝边眼镜，说起话来脖子伸得长而僵硬，好似一只打着嗝的鹅，不过话还没说完，特蕾莎便忽然举起手来，对着阿简身后打招呼。

"喂——"随声而来的，是安。她剪着齐耳的短

①粤语中的问好方式。

发，发尾染成了灰色，面颊泛着黝黑，双眼细细的，着一身黑色运动装，望也没望阿简一眼，就坐到了特蕾莎左边，"死啦，昨晚又没温书，今天 quiz① 怎么办……"

特蕾莎侧着身子，与安叽叽喳喳起来。阿简望着特蕾莎的后背，觉得它闪着光，令她没了再搭讪的勇气。那些背在心里的寒暄，又咽了回去，整个人蜷缩在靠椅里，鹅成了煮熟的虾似的。

"简直蠢透了。"阿妈面对卖不出试用装的阿简，气急败坏地跺着脚，"这点小事都搞不定，你还能干什么，唉。"阿妈一边气着，一边流出泪来，"我的主啊，救救我吧，我的主啊，带我离开吧……"再不断地碎碎念着，并止不住地捶着自己的胸口，仿佛被什么上了身似的。阿简望着阿妈这样，仿佛望见一头发怒的猩猩，捶胸顿足，却不知该如何安慰，只能静望着——这样无力的时刻，阿简总希望可以立刻消失，或变成透明，让阿妈看不到自己，那么便不气了。

可惜阿简没有这样的魔力，为了不再让阿妈埋怨自己，阿简只好偷偷把这些试用品卖给阿爸。

① 测验。

阿简其实不讨厌阿爸，尽管他时常饮得烂醉在家呕一地，但他起码不会像阿妈那般发脾气。他还会自己做些稀奇古怪的玩意给阿简，例如木制的音乐盒、钢丝扭成的蝴蝶、一条针织的围巾。

"净做些没用的东西。"阿妈有一次生气，把阿爸做的礼物全砸了、撕了、剪了，阿简望着那散落在地的围巾线，仿佛感到阿爸的痛觉，一颤一颤的。

"你妈还不让我回家？"阿爸每次都问阿简。他比离家前更瘦了，住在深水埗一间 10 平方米左右的劏房 ① 里，双眼深深凹了进去，鼻孔有些朝天翻，说话到激动时，鼻翼便微微扇动，好似累坏的老马。

"嗯。"阿简点点头，"但她说，给你喝这个，对身体好。"阿简便把那些小袋装的营养品塞到阿爸手里。

阿爸接过后，沉默一阵，又从裤兜里摸出几张二十的纸币，塞到阿简手里，"跟你阿妈说，我懂得戒酒了，也不再管她信什么主了，让她别再生我气。"阿爸做了半辈子洗碗工，手碰到阿简的手，粗得好似渔网。

"嗯。"阿简点点头，"我会说的。"

尽管阿简每隔两个星期就会找阿爸一次，但阿妈是

---

① "劏房"为香港地区的一种特殊住宅，将整套房子分间为多个独立单位，用以出售或出租。

不知道的，阿妈更不知道，那些试用装全卖给了阿爸。

　　而这一天，阿简接过了阿妈的试用装后，欲言又止。她想起上一次见到阿爸，他发烧了，躺在硬板床上，用沙哑的烟嗓无力地说："周身都痛，怕是不能再返工了。"

　　"看医生吗？"阿简站在一边，望着阿爸，心里为他着急，嘴里却不知说什么，脖子硬硬地挺直着。"吃药吗？"她又补充。

　　阿爸用力点点头，一张国字脸皱得歪七扭八。"吃了，看了。"边说着边伸出右手来，揉着左肩，阿简连忙蹲下，也帮忙按摩，阿爸的肩膀瘦得只剩骨头似的，硌得阿简手掌也疼。

　　"你跟阿妈说，我怕是没得返工，没得交房租，我周身都痛，"阿爸咳嗽起来，咳完了又补充，"要是不气了，我就回家住。"

　　阿简没敢答应，反问一句："那要不要住院？"

　　"不住。"阿爸顿了顿，缓缓从床上爬起来，推开阿简，双腿耷拉在床边，穿上工作时的一双黑色胶鞋，"要返工——有空死，没空病。"

　　但阿简还是没能说出口，她想起阿妈每次发脾气都会捶胸撞墙的模样，心里一阵颤抖——而后便冷静下来，她决定用自己的办法，解决阿爸的问题。

这一天已经十一月了，但香港依然闷热，阿简束着高高的马尾，露出光洁的额头，着水蓝色衬衫、米色七分裤，静立在巴士站等车，后背却渗出汗来。一个女孩从远处走来，阿简望着她——白色紧身背心露出肚脐，飘逸衣衫坠着流苏边，一双腿裸露在水洗蓝牛仔短裤下，好似跳着舞般，踏着系带罗马鞋，一步一步，在阿简眼中踩出一串羡慕来。真好啊，阿简想，这样的女孩，才算是真正地活着吧，哪怕烈日当空，也不担心被晒褪色。阿简想着，捏起自己的衣角瞧了瞧——那水蓝色的衬衣，就快被搓揉成了白，恐怕扔到日头下一晒，就蒸发了。

上了车，阿简在窗边坐下，坐在她前面的是一对小情侣，时不时耳语、笑成一团，头挨着头听歌。阿简望着他们的快乐，心里也泛起一阵甜来。她想起中学时暗恋过的男生，那是个五官精致的俄罗斯人，学校乐队的鼓手，她偷看过许多次他在操场上的排练，树荫下，他周身光芒。但他肯定是不会喜欢她的，阿简一早就知道，所以，尽管他们同在一班三年，阿简也从不曾跟他说过半句。

如果他真的喜欢她，阿简或许也并不会开心到哪儿去。阿妈最初也是喜欢阿爸的，可如今也成了仇，若不是有了最初的爱意，又何来如今的怨气。阿简想，还是不要恋爱吧，还是不要结婚吧，还是不要被人看见吧，起码这样就不必背负他人的期望，亦不会跌死自己。

到站了，阿简飘飘然走在路上，她感觉自己今日格外清醒，手插在裤兜里，能摸到那几袋试用装的塑料包装的尖角，她又想起阿爸的手，还不比这包装触来舒服。

车站离学校不远，与她擦肩的，大多也是平日见过的同学，有些同班，有些不同，有些在食堂也曾与她坐在对桌，但所有人仿佛都见她不到，连瞥她一眼也不曾——不过她早就习惯了。这时候，一个再熟悉不过的背影，闪到了阿简眼前——还是一身中长的衬衫，下面露出光洁的双腿，脚踏一双白色帆布鞋，一头卷发随着步伐在背脊散开，当然还有那股一点也不青春的香水味，散到阿简鼻子里。

"特蕾莎——"阿简唤了一句，不知是不是她的声音太小，特蕾莎只回头迷茫望了眼，却什么也望不见似的又回过头去，自顾自地往前赶路。

阿简不敢再叫，只轻轻跟在后面，她望见特蕾莎斜肩背了个透明的三角形小袋，袋子刚好搭在屁股上，走起路来一颠一颠，而袋子里的 iPhone7[①] 则在阳光下一晃

---

① 苹果手机。

一晃。

入了教室，老师还没到，阿简随着特蕾莎坐在第三排的角落里，特蕾莎侧头望了望阿简，却一脸漠然，很快就拿出手机，发起信息来。特蕾莎的手指也是十分美的，她今日的甲油绘得好似草莓一样，在手机屏幕上弹跳出一串甜味来。不过她很快就放下了手机，随意置它在桌上，再不曾理会，自顾自起身绕到后排，与那些帅气的男生们聊起天来。

手机就躺在阿简的手肘边，阿简忍不住想要碰一碰那光滑的屏幕，她想起阿爸的烟嗓，想起阿妈皱起的眉，想起口袋里那几包试用装，阿简觉得自己变得很轻很轻，她所有的血液仿佛都蹿入了手指，它们要绑架那手机。

阿简感到自己快要飞了起来——她手里紧紧握住那 iPhone7，身后的书包在后背上颠得快要散架。她的胃在燃烧，大脑不断回想十分钟前的那一幕。没错，她趁特蕾莎不在，便迅速偷了那手机，随后抓起书包就离校了。她关了机后便一直奔跑，她在想为什么刚才没有人叫住她，难道因为自己变得愈来愈淡，淡到根本没人看到自己？但都无关紧要了，她要在被人发现之前把手机卖掉，换了钱给阿爸。

凭着记忆，阿简来到学校的天桥下，那里总坐着个男人，百无聊赖地玩着手机，脚边立着个"旧手机回收"的牌子。

"唔该。"阿简努力屏住自己的大喘气，挺直了脖子，与那男人搭讪，"请问你收这个吗？"阿简伸出手来，露出那部闪着汗渍的 iPhone7。

男人的脸瘦长又蜡黄，望了手机一眼，点点头，伸出五指，对着阿简。

"五千？"阿简试探性地问。

"黐线……五千我去买部新的啦！"男人嘲笑起来，"五百！"

阿简顿了顿，手又插回兜里，那尖锐的包装袋扎到她的小手指，她便又拿出手机来，交到男人手里，"那就五百。"顺带也拿出那几袋光亮的试用装，试探性地问，"你需要这个吗？它很好的，是美国品牌，吃了之后养心，心好了，什么都好……"

"死开啦！"男人没好气地把五百丢给阿简，再把 iPhone7 丢入纸箱里——那箱里满满当当全是旧手机。

阿简一手捏着试用品，一手捏着五百港币，一步步逼近阿爸，心却比刚才更乱。

她在想，要不要告诉阿爸，这钱是阿妈给他拿去治病的？

但要给也只能给四百，剩下一百留下当是卖试用品的钱，慢慢交给阿妈。

　　阿简又想起特蕾莎，如果特蕾莎发现了是自己偷的手机，明天在学校，一定不会看不见她了吧？她曾经多么渴望能被特蕾莎看见啊，想不到一定要用如此的方式才能如愿。

　　阿简顺着一条逼仄黑暗的楼梯往上爬，每一步都好似飘在云上，她怀疑今天的自己真是化成一个透明人了，所有的重量都消失了。楼道里从没有灯光，只有日光从那小方窗里透进来，她闻到一阵阵垃圾酸臭的味道——两个星期没来，这里的臭味却从不曾变过。

　　到了，阿爸的门就在阿简面前了。

　　"笃笃笃——"阿简急促地敲门，她手里那五百被她捏得湿润了。

　　若是平时，她还没敲门，爸就会听到脚步来开门——这个时间阿爸刚好起床，再过一个钟就要去餐馆上班，直到第二日凌晨。

　　"笃笃笃——"阿简继续敲门，还是没人开门。

　　阿简有些紧张，她那五指仍旧充着满身血液似的，狂躁地拧着门把手——想不到门就这样开了，根本没有反锁。

　　"阿爸？"阿简一入门便见到阿爸终日躺着的那硬板床，那逼仄的小房，只放得下一张床和一张堆满衣物的小台，墙与墙间横插着一根坚实的钢条，上面挂满了杂物，它们有序地垂落下来，悬在空中，而阿爸便每日直直地躺在那些杂货下面，穿着一件宽大的背心，和一条破旧的牛仔裤，光着脚睡觉——可这一次，阿爸却不在床上，他好似变成一件衣服，或是一个钢铁扭成的玩偶，混在那堆杂物里，也悬在半空中。

空中的阿爸没有吭声，但阿简还是继续往前走，她大概知道等着她的是什么，却一如既往地朝前走。没错，如她所料，她望见了阿爸瘦如竹竿的双腿，在一堆悬挂的衣物中纹丝不动，赤裸的上身在杂物里若隐若现，连头也看不到了。可她依旧踩到床上，手指伸到阿爸那朝天翻的鼻孔下方晃了晃，却什么也感受不到，连一丝风都无。

那一刻，阿简的心才终于不乱了。接下来，有足够的钱可以应付阿妈交给她的试用装了。唯一麻烦的，就是还得再想办法还特蕾莎一个手机。

带着这些答案，阿简不紊地从口袋里拿出今日那五包试用品，一一摆在阿爸的床头，再将那五百摊开，又轻轻叠了两下，放到米色的七分裤兜里。她转身，缓缓走出阿爸房门，轻轻地关上房门，穿过黑暗又臭的走道，其间遇到一个肥硕的男人，却毫不犹豫地穿过了他——她也不知那男人有没有看到她，总之她觉得自己已经彻彻底底透明了。

透明的阿简觉得自己轻极了，她张开双臂，从逼仄又长的楼梯上飘了下去，直飘到那马路上空，朝着双层巴士和人流。

消失奇遇记

一

莫粒家楼下的书局消失了，取而代之的是一座电子城，城门口活蹦乱跳着金属机器狗，为促销活动做招徕。莫粒经过时，城外已排了长龙，城里挤满体验者，在 AI[①] 小姐的引领下，戴起 VR[②] 眼镜，摇头晃脑，姿态万千。书局是什么时候被拆掉的呢？她想不起来。

不过没什么大不了，香港每天都有东西消失，也有东西兴起，莫粒很快便忘了。她眯着弯弯笑眼，蓬松着樱粉色齐肩发，在明晃晃的光下疾走，光斑跃动在圆嘟的脸颊，滑过脖颈，流至柠色裙摆，随它摇曳在脚踝边，于人丛中开出一片黄蝉花来。一路烂漫至地铁站，

① 人工智能。
② 虚拟现实。

才缓下来，裹着冷气与人声，踏上地下车厢，从九龙湾驰骋至湾仔。

在香港生活一年有余，莫粒仍时常迷路，尤其在湾仔这地方，四面八方的建筑都生着类似的古旧与摩登。她对着 Google 地图，撞了几次南墙，才到了目的地——华丽阁。

华丽阁颓旧，门脸细瘦，莫粒拉开生着锈的铁门，顺着窄且陡的阶梯攀上去，进入了几平见方的大堂，里面五脏俱全，玻璃门隔出保安室，坐了个阿爷在发呆。左边墙上贴满海报，莫粒逐一扫去：黑盒剧场、独立剧团、短片招募……都说华丽阁是湾仔的独立文艺中心，当真名不虚传，她带着好奇，乘上直升梯，去往六楼的果糖艺文空间。

"哈喽！你是《焦点周刊》的记者吧？"

迎接莫粒的是一个高瘦男人，扎短马尾，发色泛着银灰；脸长，眉眼明媚，微凸的下颌令其侧面看似一弯月牙。莫粒认得他——摩羯，曾为 TVB 娱乐记者，后转行写艺术评论，活跃于各类文艺活动，在脸书上有过万粉丝。

莫粒点头，想从裤兜里抽出名片，却被摩羯握住手：

"Nice to meet you[①] 呀！"他笑得热情，声线清亮，

---

① 很高兴认识你。

"是周筠姐派你来跟访的吧？上个月我去过你们公司，送了日本抹茶给筠姐，她请你喝了没？"

"我两周前才返工……"莫粒憨笑着解释，但摩羯已转身，从陈列架上抽出一张图纸来：

"嗱，this is^①今日的行程图，你看看先。"

莫粒接过一瞧，鹅黄硬卡纸上印着湾仔地图，红色箭头标注着他们今日要走的路。而工作坊的任务就是要在几小时内，走完地图上的路线，并沿路收集湾仔街头垃圾，在摩羯的启发下，进行艺术创作——所以，每位参加者须付三百港币作学费。

下一秒，她身后就传来摩羯高扬的声音：

"早晨呀各位！多谢大家来我主办的垃圾艺术工作坊。首先呢，我要介绍今次活动的嘉宾——《焦点周刊》记者，莫小姐！"

莫粒连忙转身，只见十几个陌生人已围了过来，其中几个颇吸眼球：一对印度孪生姐妹，生得高大、肥胖，穿玫粉色长衫长裤；一位纤瘦的中年女人，寸头，身旁站着和她一样骨瘦如柴的小女孩；一个高瘦得驼了背的中年男人，头发灰白，戴方形金丝边眼镜，瘪嘴皱眉，眼神涣散。

莫粒逐一与他们打过招呼后，心中打起访问的草稿

---

① 这是。

来。或许刚刚那几位可以是着重观察对象，看起来有故事可讲。

十分钟后，垃圾艺术工作坊的一行十二人启程。摩羯做领队，身后跟着三五成群的队友，莫粒尾随在后。

"Look①！这是什么？"

摩羯叉腰站在橙色垃圾桶旁，仿佛发现了新大陆。

一众人围了过去。只见摩羯所指之处是一辆鲜橙色自行车，斜靠在栏杆上，车后座上有一口锅，锅里满是杂物、易拉罐、报纸等。

"这垃圾好呀，够大够新，重新装扮一下可以好靓仔！嗱，交给你们，想一想，怎样将它转换成 arts②？"

摩羯的话引起众人探讨。

"莫小姐——"摩羯话锋一转，轻声说，"唔该你帮我同这单车影张相。影得我靓仔点噢！"

莫粒望着镜头中的摩羯，那佯装认真思考、聆听学员讨论的侧脸，隐约觉得，此次所谓的"垃圾艺术"工作坊，不过是摩羯想出来的噱头，借此营造良好的社会形象罢。但她不能反驳什么，毕竟这是她上岗以来接到的第一份专题任务，而她能不能留在香港继续发展也全靠这份工了，她可不能搞砸。

---

① 看。
② 艺术。

　　行了大概十几分钟，一众人熟络起来，边行边聊，莫粒不远不近地听着。

　　"好似也没什么特别的垃圾可捡回去做艺术品。"那纤瘦的中年女人暗自叹气，巨大的购物袋在她肩头荡来荡去。

　　"捡树叶也好。"她身边的小女孩指了指地上的枯黄树叶，它们手掌一般大小，像是印在地面的暗花，"可以用它们做成古典扇子。"

　　"街边有很多长竹筒。"印度胖女孩忽然接话，她的白话说得流利。

　　"我也发现。"另一胖女孩指了指马路边，莫粒顺着望过去，那里横躺着捆绑在一起的长竹筒，像傣族姑娘常用来跳舞的道具。

　　奇怪，这城怎么会有长竹筒出现？莫粒回想，自己是否还在其他地方见过？一时想不起，但自胖女孩指出后，长竹筒便频繁出现，直到他们经过正在施工的地盘时，莫粒才恍然大悟——地盘外摆了一捆捆长竹筒，大概是建楼所需的物料，而正在改造的楼，也被长竹筒搭起的架子围了起来。

　　"哼，拆拆建建，当然多垃圾！"驼背男人忽然冒出这样一句怨言，惊了莫粒一跳，她完全没发现他跟在身后。

又走了一阵，莫粒发现被遗弃的垃圾都差不多：它们体积较大，例如穿衣镜、矮柜、高椅、圆桌……都是些生活用品，或搬家时无法带走的"鸡肋"产品，无法被塞入垃圾桶，只好孤立在路旁。若不仔细观察，莫粒完全觉不出它们已是垃圾，有些看上去不过是脏了，洗过后肯定还能用，有些甚至很洁净，不过款式过时罢。

"摩羯好像不见了？"小女孩忽然叫起来。

这一行几人才发现自己跟丢了队伍。

"算啦，我们自己走，也不用听他废话。"驼背男人自顾自大步向前，莫粒犹豫几秒，跟了上去，剩下的人也围了过来。

莫粒见大家沉默，便趁机打开话匣，与身边的纤瘦女人聊起来。

"你女儿多大啦？"莫粒指着小女孩问道。

"她七岁了，但不是我女儿，是我的网友。"

莫粒以为自己听错。

"我们是在脸书的陶艺小组里认识的。"女人再次解释，"这小妹妹做手工很厉害。"

莫粒这才重新打量这女孩，发现她一双大眼，颇有灵气，像猫一样，不屑地望着一切。

"那你这次为什么来参加这个活动？"

"我?"女人反问，很快又自答，"我也不知道，反正一看到类似的工作坊我就会参加，做一些作品带回家，起码证明给我老公看，我不是一个废物。"

"那……"

莫粒还想多问几句，却被胖姐妹打断。

"快看! 那里有座废墟楼!"

大家兴冲冲跑到街对面。

那是一栋被漆成红白绿三色的独栋大厦，铁门上挂着一把锁，但并未被锁上，门上挂着牌匾，上面刻着的字已斑驳不清，不知是"无用阁"还是"无用门"。莫粒四顾，大厦左边是一家西式快餐厅，右边是一间电器铺，一行人驻足不够几分钟，已被路人嫌恶地喊了几次"唔该! 借位!"——莫粒觉得奇怪，这样热闹的街，怎会有废墟楼?

还不等众人决定，胖姐妹已卸下铁锁。

"喂——这种地方不好乱闯。"驼背男人警告。

胖姐妹犹疑了，小女孩倒推门而入，中年女人自然紧跟其后，莫粒望了望余下的人，又望了望那斑驳的门牌，踏上了阶梯。

这楼不高，只有四层，一梯两户，看上去像唐楼改造；但内里的电梯已用不了，三女子便攀爬起来。

第一层的屋都锁了门，第二层也是，再去第三层——左边一户门洞大开，没了窗帘，明亮得很，三人大胆踩进去，只见满屋被弃置的家私、摆设、玩具……如获珍宝。

中年女人蹲在地上，拾起大门后的一尊菩萨雕塑，细细研究起来。"不该把信仰丢在这……"她喃喃自语。

小女孩眼尖手快，已捉起几个被掷在地上的玩具车，都是些巴掌大的模型，消防车、警车、救护车、跑车……应有尽有。

"我是帮我弟弟捡的。"小女孩见莫粒望着她，解释起来。

莫粒知道小女孩要面子，连忙收起眼光，四顾着。

客厅四壁发了霉，大小不一的霉斑，疤痕一般印在被漆成淡蓝色的壁上，也有两三个挂钩与钉子，在空气中徒有其表。客厅中央斜放着一条沙发，落满了尘，莫粒轻触，觉出真皮的质感，留下手指的纹路；围住它的是一排木质书柜，铜绿色的漆，斑驳着；柜格里零星睡着书本，莫粒望着书脊上的字，辨认出音乐理论知识、乐谱和乐评集子，还有一本掉在地上，那本看起来颇为珍贵，尽管不厚，但封面被精心缝上宝蓝色的天鹅绒布。莫粒将本子从灰尘中捡起，小心翼翼揭开封面——只见一对男女，在黑白色的照片里，分别着西装、婚纱，跨过时空，对着莫粒微微笑着。

　　多么粗心的一对夫妻啊，莫粒想着，如此神圣的结婚照，怎么可以被遗忘在灰尘中？莫粒满心可惜地掸了掸封面，将它小心翼翼地搁置回书架上。此时才发现，书架下面还有几层抽屉，其中一层虽插着钥匙，却已被拉出三分之一。

　　莫粒望望四围——小女孩已入卧室继续寻宝，中年女人则猫在厨房，捡着被遗留的厨具，她确认无人留意自己，才带着偷窥者的心虚，用力往抽屉里觑，最终忍不住拉开来看：一卷菲林躺在里面。

　　上一次见到菲林是什么时候？莫粒想着，大概是小学时候，中学时已盛行数码相机，家人的合照直接存进电脑。莫粒记得自己也曾访问过几个偏爱菲林摄影的艺术家，不过也只听他们说，菲林的质感有多好，自己并未觉出来——这东西仿佛在平常生活里消失了一般。

　　莫粒轻轻将那被遗忘的菲林抽出来，对着阳光一照，一对璧人的剪影跃然于眼前：二人正在弹奏钢琴似的。

　　就在莫粒思索着，是什么原因让这对璧人匆匆离家时，一个人影从莫粒眼前飞过，仿佛是幻觉，却又真实地夺走了莫粒手中的菲林。

　　"啊——"莫粒刚要出声，嘴却被捂住，整个人像小草一般，被连根拔起，飞到空中，再落地时，已进了卧室。莫粒匆忙环顾四周，只见一男子，蓄日本武士头、山羊胡，着黑色衫裤，蹲立在窗台上，手指捏着菲林和结婚照，对着莫粒摆摆手，仿佛说着"再见"，便"咻——"一下，从窗边飞了出去。

"丁零零——丁零零——"就在莫粒惊魂甫定时，手机响了，一看，是摩羯的。

再与摩羯汇聚时，莫粒免不了遭责难。

"莫小姐……你呀你呀，你知不知道，如果这些队友有什么危险，我要负多大责任……"摩羯皱着眉，一边走一边碎碎念。

莫粒听着，却满心挂着刚刚那个蝙蝠一般的男子。

"你们刚刚……有看到一个男人吗？"莫粒悄悄地问那中年女人与小女孩。

"什么男人？"她们一脸迷茫，"你说在那废墟里吗？"

"对，有一个男人，偷走了我捡到的东西……"

听到这，两人倒吸一口冷气："莫小姐，别吓我们啦……"

但很快，她们就恢复到"执到宝"①的兴奋里去，讨论着如何将在废墟中捡到的垃圾消毒、改造，变废为宝。

剩下来的活动没什么特别。摩羯草草拿来一桶工

————————

① 执到宝，指"捡到宝"。

具：剪刀、水泥、胶水……大家依然热热闹闹地忙起来，剪塑料瓶，粘树叶，锯竹筒……莫粒也不能闲，她被摩羯叫起来去影相①。摩羯在不同的参与者身边摆出热情参与活动的 pose②。

就在这时，工作室里响起一阵鼓声，莫粒四周张望，原来是那中年男人，正敲着一个旧得脱了皮的非洲鼓。

"这也是捡来的？"

莫粒走去访问他，那人微眯双眼，答非所问：

"消失，不消失。消失呀，不消失。"

莫粒不明白他在说什么，只觉得这人颇有意思，端起相机，记录了他敲击废物的样子。

二

结束工作的时候已经夜晚七点，莫粒刚坐上回家的地铁，就收到马康的信息：

"忙完了吗？"

莫粒点开马康的新头像瞧了瞧——他穿着学士服，将帽子抛向空中，侧头大笑，鹰钩鼻在空气里划出漂亮

———————

① 影相，指拍照。
② 姿势。

的弧度。他是莫粒的校友，小她一岁，人高马大，但浓眉大眼，皮肤白得反光，与粗壮四肢混搭显得滑稽；在学校组织的义工活动上认识了莫粒，从此便黏上她。起初，莫粒并不烦他，刚好在香港没有什么信得过的本地朋友，便把他当"香港百科"来用，时不时找他帮忙——他也乐在其中，两个人因此暧昧过一阵，偶尔相约去看电影、逛海滨，合影时常被旁人误以为是情侣。或许就是因为这样，马康很快端起男友的架子来，什么事都要干预莫粒，大到职业发展，小到皮肤护理，唠叨起来没完——莫粒不喜欢了，觉得他像一碗布满坚果的燕麦粥，看着丰富，下肚也营养十足，但就是嚼起来没滋味。尽管如此，莫粒也不想立即与他决裂。毕竟得过他的帮助，不能说甩就甩，她打算冷暴力缓置：

"刚刚完。"莫粒简短回复。

"真辛苦！"

"今天去哪里访问了？"

"访问谁了？"

"离家远吗？"

"要不要我来接你？"

马康发来一连串信息，莫粒隔着屏幕也能望见他那张白腻的圆脸，扑闪着大眼睛，厚重的嘴唇笨拙但努力地掀动着——真烦。莫粒想着，她打字：

"不用啦，我等一下还要回公司赶稿，手机快没电，先不聊啦！"

然后她便关了对话框，挤在人群里，闭眼养神，却忍不住回忆起刚刚结束的工作。但怎么想，莫粒也实在找不到"垃圾艺术工作坊"的亮点。说实话，这类由网红发起的付费活动，其实蛮多，放在艺术版里，很难写得深入——但他的活动又确是筠姐钦点，必须作为重点刊出的，不能不写。怎么办才好呢？黑衣人的形象便再次在莫粒脑子里闪过。如果能把废墟之行加入在文章中，再插入黑衣人的神秘事件，说不定能引起轰动。于是，莫粒尝试在网上搜索相关资料，却不知该用什么关键词。她试过"无用阁"与"无用楼"，并未找到任何相关结果——倒出搜出来几起唐楼被收购时，居民集体抗议但最终仍无力回天的社会新闻。她甚至还在周末再次前往湾仔，按着垃圾艺术工作坊的路线找寻那废墟，却以迷路告终。最后的最后，她给摩羯发了短信，问他知不知道湾仔有栋废墟楼？摩羯却回复她："I don't know①啊！BTW②，你的稿子写得如何，期待看到你的作品喔！"——她只好作罢。

新的一周开始时，莫粒已经逼自己忘了那个黑衣

① 我不知道。
② 顺便说一句。

人，带着已经完成的初稿，前往公司。

《焦点周刊》其实成立不久，但来头不小。包括周筠在内的四位主编分别从本港知名电视台、时尚杂志、财经网站、摄影刊物中跳槽，带走了一拨前公司同事，共同创办了这本刊物。这几年，香港纸媒纷纷倒闭，《焦点周刊》却在大陆赢了一笔投资，逆流而上，刊物、网站、App 三合一，租下甲级商务大楼的三层楼，拿了其中一层开展文艺沙龙，保持读者黏度。如此豪华阵容十分惹眼，不少年轻人都想进去试试——尽管刊物看起来漂亮，其实每个月都滞销。

"早晨！"莫粒与前台小姐打招呼，然后对着她桌上的按钮输入指纹，一个扇形通道便从前台身后的橙色墙壁中旋转开来，莫粒踏了进去。这是一个宽敞明亮的大开间。一条条银色工作台有序排列。每个部门的挂牌从天花板上垂下来，同事好似长了脚的陈列架商品，自觉去往"突发事件""社会关注""娱乐八卦"……的标牌下工作。莫粒负责的"文化艺术"新闻却没有标牌，毕竟不是每期都有，部门里的前同事也纷纷离职，现在只有她一个记者，便和"生活方式"部门坐在一起。

坐在莫粒斜对面的是主管"生活方式"兼"文化艺术"的资深编辑向东，莫粒的稿子必须传给他检查，再由他交给筠姐定稿。但向东总是到了下午才返工，所以莫粒按惯例将"垃圾艺术工作坊"的初稿发到他邮箱。接下来的工作很轻松，也单调。她需要在网上搜罗最近的文艺活动，挑选七个，逐一撰写推荐信息，再定期发布到网站与 App 的"文艺一周"页面里。但其实，香港哪有那么多与艺术有关的活动呢？没办法，就连"草地灯光展"也被莫粒拉入文档。

没多久，莫粒又收到马康雷打不动的晨间问候。除了"吃了吗？"之外，他还发了一条倒计时提醒：

"如果我没记错的话，你的 IANG 还有一个月就到期了吧？你一定要记得去找人事部帮你续签喔。"

莫粒看到这条，第一反应是吃惊：我什么时候把这种隐私也告诉他了？看来初相识时的确对他太热情。第二反应才是不耐烦，但她也没有表现出来：

"我知道的，谢谢你！"

马康紧接着又发来语音嘱咐：

"我帮你查过了，你们公司还没成立满一年，如果要帮你续签签证，需要上缴的资料很多，甚至还需要交财务报表，所以你一定要提前跟人事部说，否则怕他们办事慢，耽误了你的签证申请啊……"

莫粒还没听完就关了对话框，虽然心里觉得马康烦，但还是听了他的建议，立马停下手头工作，去入境处网站连忙下载了相关表格，连同她的入职资料一并发给人事部。

"叮咚叮咚——"

莫粒手机又响了——是向东来电。

"喂——粒粒啊，你已经到公司了？"向东在电话里问。他是个三十多岁的矮小男人，黑瘦得好似烧焦的树干，顶着金黄色的稻草头和一张猴精般的嬉皮笑脸，在传媒界混了十年有余，油嘴滑舌，女人缘极好——或者说，女人们并不想得罪他。

"对，刚刚到。"莫粒并不喜欢向东这种人，但工作又受制于他，只好与他保持谨慎的距离。

"这么早起身呀，也不给我个 morning call①？一个周末没见了，挂住你啊。"向东笑嘻嘻的，莫粒听着却起了鸡皮疙瘩。

"你有什么事要我帮忙吗？"她干脆把话题挑明。

"还是我的粒粒最醒目。是这样的，我有个朋友，办了个影展，马上就是开幕仪式，我临时有事去不了，你帮我去吧，再写篇新闻稿，捧捧场。"

"哦……稿子什么时候发？"

"不急的，就今晚八点吧，同时发到网站和 App。"

莫粒翻了个白眼，挂了电话，背起相机出发了。

---

① 叫醒服务。

影展设在中环皇后大道，莫粒穿着工装背带短裤，脚蹬帆布鞋，急匆匆穿梭于打扮精致、昂首挺胸的上班族里，自觉粗糙得格格不入。好在艺廊不远，小跑了几分钟便到。那是名为段宇轩的艺廊，位于一座欧式风格大厦二层，门口晃悠着不少媒体人，闪光灯噼啪乱闪。艺廊公关来往如鱼，男女分开接待异性，领进展览厅——几乎没人搭理莫粒，直到她伸出名片，在摆满花篮的接待处签到，一个短发女郎才走过来：

"咦，你是《焦点周刊》的？"

"对，我是艺术版记者，莫粒……"

"东哥呢？他不来了吗？"

"喔，他派我来的。"

听到这，女人露出灿烂笑容，温柔牵着莫粒向里走。展览厅门后就有一个长台，天鹅绒桌垫上摆满酒杯。

"喝点什么？"女人问。

莫粒摆摆手：

"不了，我很快就走的。"

"别急嘛，我们艺廊老板叶先生和摄影艺术家董先生都会来的。你听完演讲再走吧。"说着，女人已给莫粒斟了点红酒，再领她绕过长台后的中式屏风，内里豁然开朗。展厅大约100平方米，猩红四壁各挂一幅巨型人脸特写照片，记者则挤在照片下录直播视频、拍照，本该空旷的展览气质荡然无存。莫粒隔着人流仰望那四幅照片，觉得没什么特别，不过就是普通人像摄影，倒是相中人来头不小，分别为地产商千金王诗琪、赌马天才李子君、学术界变性明星姚嘉欣、弃影从政的议员钱程。再一看展览介绍，莫粒恍然大悟：摄影师董子奇正是地产商董奇华的孙子，从小热爱摄影，年仅十六岁，就获奖无数……

还不及莫粒读完那一长串的获奖纪录，厅外就响起爆竹般的掌声——叶先生和董先生来了。记者们连忙冲出去照相，又在公关的带领下，进入隔壁的演讲厅，莫粒则躲在最后一排，坐在角落的凳子上，举起录音笔，百无聊赖地记录着。

"请问你旁边有人吗？"

一把男声忽然在莫粒耳边响起。

她抬眼一瞧，一个瘦高男人出现在眼前，穿深蓝色牛津衬衫，袖子挽到手肘，露出一截晒成深棕色的肌肤；微微弯腰，一双眼深陷在眉骨下，紧紧盯着她。四目相接时，莫粒觉得这男人眉眼好似混血，神色也有些眼熟，似乎在哪里见过。但毕竟是陌生人，莫粒不想一直盯着他瞧，便微笑着摇头：

"没有的。"

"那我坐在你身边可以吗？"

"可以。"

男人便一阵风似的吹过来，与她并肩而坐，她感到心头一紧，莫名尴尬起来，好在他主动递来名片：

"我是《明窗》的记者，何森。"——他隐去了名片上"资深"的头衔。

"何森"二字好似咒语一样，瞬间点亮了莫粒的回忆。她想起来了，入读研究生时，迎新晚会上，几个优秀校友被邀请回来分享职场经验，其中一个就叫"何森"。她又抬起眼来打量身旁的人，觉得那抹藏在眉骨下的凝视，多了几分欲言又止的深邃。

"你是中大传媒系的毕业生吧?"莫粒细声打探。

何森一愣，面露警惕：

"你认识我?"

莫粒立马笑了：

"去年我去中大读研，在迎新晚会上见过你。"

何森这才恍然大悟，面色随即松懈下来，望着眼前这个年轻女孩，警惕的眼逐渐笑了：

"原来是学妹啊。"

并肩而坐的两人相认后，少了拘谨与客套，缩在角落里，喊喊喳喳地交换着共同校园的往事与八卦，逐渐消磨了台上冗长又严肃的对谈。望着何森那双沉稳又温柔的眼，莫粒仿佛又回到一年前，在台下听他分享媒体界的各种趣事与辛酸。那时她仿佛看一场绮丽演出，绚烂灯光映出她满眼羡慕。

"对了，你还没告诉我你叫什么？"何森话锋一转，"在哪家媒体工作呢？"

莫粒这才想起自我介绍，赶紧递上自己的名片：

"我叫莫粒，在《焦点周刊》做记者，文艺版的。"

何森接过名片，仔细收藏在名片夹里，又自言自语道：

"怪不得你看起来那么特别，原来是《焦点周刊》的。"他侧脸盯着莫粒，双眼荡漾出一股暧昧的风，吹得她不知该如何回应，只好低头笑了笑。

这一低头，何森愈发起劲：

"你为什么会跑到这样无趣的活动来？"他边说边四周环顾，"其他人都西装革履、浓妆艳抹的，好似要来演大龙凤，只有你，打扮得像个小朋友。"

这句话倒是说到莫粒心坎里了，她苦笑道：

"大佬叫我来，我敢不来吗？这演讲不知要说到几时才完，但我下午就得把今天影展的稿子赶出来，晚上八点就要发到网上。烦死了。"说着，她撩起盖在眉上的粉色刘海，"你瞧，忙得我都爆疮了。"

何森便把握这个时机，像捧住一团水那样去触碰莫粒的额头：

"还真是，怪可怜的。"

莫粒不好意思了，头一拧，躲开了，眼神不知该往哪里放，便望向演讲台。

"我有个好办法，可以让你早点回公司做事。"何森低声对莫粒说。但鉴于刚才的经历，莫粒这次没有立马回应，反而佯装听不见，继续盯着台上的人——尽管她的心神早就乱了。

"喏，给你——"何森递给莫粒几张 A4 纸。莫粒没忍住，接过来一看，很快就笑起来：

"演讲稿？"她满眼惊奇，觉得眼前这个男人神通广大，"你哪来的？"

何森得意地扬起下巴：

"怎样？我对你不错吧？"

莫粒开心了，也顾不上刚才的举止，只想赶紧拿了这份东西回公司赶稿，但一想，又说：

"那我拿走了，你怎么办？"

"别担心，我还有电子档。"

"那真是太感谢你了！我下次请你吃饭。"

何森笑着摆摆手：

"你记得我就好了。"

这话说得莫粒有些当真，她一时不知该怎么回应，但何森已经回过头，继续望着演讲台。于是莫粒看了看他的侧脸，暗笑着离开，心里却开出一串串花来。

那天的工作，莫粒提前完成，还得到了向东的表扬：

"你对演讲的分析很详细嘛。"

莫粒暗笑，心里满是何森的笑容。紧接着，向东又发来一个新的文件：

"这里还有个艺术活动，是和垃圾有关的当代舞表演，你去访一下，到时可以和摩羯的垃圾艺术工作坊一起刊出。"

莫粒回了一个"OK"的表情。

向东却丢来一个"飞吻"。

莫粒马上关了对话框，点开文件阅读。

纯黑色的海报上什么装饰也没有，只隐约见到一双灰色的人影，扭在一起，横在中间。而在海报的右下角写着一行金色小字：

消失的，难道就等于不存在吗？

被遗弃的，就真的失去价值吗？

——《尤斯莱斯》双人舞，等你来回答。

末尾还有一条邮箱链接，莫粒便发了邮件约访。她很快收到回复：

"很高兴接受你的访问，请在这周日下午四点来

'无限舞蹈室'找我。地址在新蒲岗五芳街百乐大厦
1208。"

三

"那是海吗？

"似乎是吧。

"风吹过，被卷起来不是浪花，而是碎石，在海面
上荡成漩涡，又落下。

"他在海中行走，踮起脚尖，绕过碎石——它们各
式各样，像鞋子、衣架、桌子、塑料瓶，尖锐阻拦他的
踏入，他稍稍触碰就跳起来，却又踩到另一个，步伐大
乱，滑稽地跳起踢踏舞。

"碎语伴随钝痛而来，从脚底，逐渐蔓延至心肺，
再到耳朵里，它们响起不同的声调，有男人，有女
人，有小孩，有老人，有哭，有笑，还有尖叫，像是
儿时拿起海螺放在耳边而听到的风声，呼啦啦——呼
啦啦——，海水一样，一层层荡过来，各自述说破碎
之心……"

"啪——"

灯光大亮，女声停止，穿着练功服的少女捧着台词
本退场，经过莫粒时露出羞涩笑容。一对男女舞者从地

板上爬起，擦着汗向莫粒走来。两人都着紧身衫裤，赤脚，裸露出的小腿线条十分健美，踮着脚走路时，像猫一般。

“是莫粒小姐吗？”男舞者问道，他长发垂肩，椭圆脸，大眼剑眉，但皮肤蜡黄，细纹乱生，下颌满是灰白胡子茬。

莫粒连忙起身：“对，我是昨天在电邮里约了你们做访问的记者……”

“我记得。”女舞者打断莫粒，她身材高挑，蓄着短发，眉眼细长，面颊清瘦，嘴唇与颧骨都倔强地向上噘着，头也不回地走向远处——那里有个白色布帘子，她掀开它，隐了进去。

“稍等，我们去换衫。”男舞者面露歉意地对莫粒解释，跟着女舞者隐去了。

与莫粒想象的不同，排舞室仅40平方米的样子，装修简陋，灯光昏暗，落地镜边摆放着几排椅子，高矮不一，各式各样，但五颜六色，造型别致。莫粒挑了一个嘴唇形状的矮凳坐下，暗自温习两位舞者的个人资料：男人叫何阿洛，三十五岁，马来西亚人，居港十年，专攻现代舞，曾两次获香港舞艺节冠军，之后便自创舞团“无限”，可惜于2015年宣告解散，之后便没了媒体报道；女人叫麦子，今年三十九岁，香港人，自幼习芭蕾舞，但大学转读教育，毕业后于中学任教，二十五岁有过一次婚姻，不久离异，从此全身投入现代舞，曾与"无限"舞团有多次合作，近年定居台湾。

虽说两人已退出一线，但也火红过，想不到复出之作的排练环境如此恶劣，莫粒觉得可惜。她想起昨日参加的开幕酒会，光鲜包裹着平凡之物，而真正坚持艺术的人却暗淡无光。

"这地方难找吧？"阿洛已经出来，换了白色 T 恤和牛仔裤，麦子则着一袭浅蓝色麻质长裙，面对莫粒，席地而坐。

"确实有一点……"莫粒也笑。

"没办法，只有这种工厂大厦租金才便宜点。"阿洛耸耸肩。

"你为什么要访问我们？"麦子却话锋一转，盯着莫粒，高耸的鼻梁好似像鹤嘴，"你根本没有听说过我们吧？"

"我正好在做与垃圾艺术有关的专题报道，编辑介绍说你们的表演也与垃圾有关，就想跟你们聊聊……"莫粒解释。

"还没听过垃圾艺术这种标签呢。"麦子自言自语。

莫粒僵住了，直到阿洛解围：

"你说得没错，你坐着的这个椅子就是垃圾，也是我们表演的道具。"

"什么?"莫粒不解。

"你看它很漂亮，就觉得它不是垃圾，对吗?"麦子说。

阿洛见莫粒已经面露尴尬，低头看了看表，然后说:"时间也不是很多了，不如现在就开始访问吧?"

莫粒连连点头，对阿洛抛去一个感谢的眼神:

"其实你们的宣传海报我已经认真学习了，但为了让读者更了解你们的舞蹈，还是先请你们详细介绍一下这个作品吧?"她开始发问。

阿洛望向麦子，仿佛在征求她的意见，麦子没有理会，二人静默几秒，麦子终于开口:

"这个舞蹈叫尤斯莱斯，其实是英文单词 useless 的译音。我觉得这个词很适合我，因为我就快四十岁了。"

"她的意思是，舞蹈演员到了四十，就开始走下坡路。"阿洛补充。

"不是走下坡路，而是觉得自己没用，好像垃圾。"麦子反驳，"就像铁生了锈。"

"可以具体说说吗?"

"比方说，之前训练一整晚，不睡觉，第二天还能接着跳，但这几年就不行。"阿洛一边说，一边撩起裤腿，膝盖上贴着膏药，"伤越来越多。"

"那不是很痛？"莫粒问。

"没有哪个舞者是不痛的。"麦子说。

"怎么说？"

"你在这个社会选择了这样一个职业，本就是痛的，所有人都在阻止你——喂，你只能吃青春饭，你不能生孩子，你头脑简单、四肢发达。"麦子耸耸肩，"但到了四十岁，你会发现，连身体都开始阻止你。这才真叫人绝望。"

"也没有她说的那么可怕。"阿洛接过话茬，"我们执着于自己真心中意的事，只是这件事并不被社会看重吧。你会花多少时间去看一场纯粹的舞蹈表演呢？就像我们刚才的排练那样，没有剧情，没有对白，只有纯粹的肢体舞动。"

"嗯……"莫粒答不出来。

"我们越没观众就越没钱，越没钱就越是在破烂的地方排练，演出……那就更没观众。"

"就愈发活得就像垃圾一样。"麦子总结，并继续说：

"于是我就想，既然我都像垃圾一样生活了，何不用垃圾为主题，进行创作呢？然后我就打了个电话给阿洛。"

"她跟我说这个想法的时候，我刚好在日本看朋友的展览。朋友叫武禾君，专门收集垃圾做装置艺术。"

阿洛接过话茬，"看展的那几天，我已经在思考垃圾与艺术的关系，恰好又收到她的电话，于是一拍即合。"说到这，阿洛与麦子对视一笑。

"可否详细说说武禾君的垃圾艺术展？"莫粒好奇。

"他是日本人，但很小去了美国，住在布鲁克林，喜欢街头艺术。福岛核泄漏悲剧发生后，他立刻抛下美国的一切，回到日本。他出生在海边，到家第一件事就是去海边散步——然后，我们刚刚排练的那一幕便发生了。他看到海滩上大量的垃圾，各式各样，有的甚至被遗弃太久，已经和沙石长为一体。他就想，光是我们能看到的污染就已经这么多，那么看不到的核辐射，又该有多少？如此说来，消失的东西，到底是真正不存在，还是人类选择遗忘或视而不见？于是，他开始收集海滩上的垃圾，再粘在一起，做成一朵朵蘑菇云的雕塑。那些云朵从远处看，像女孩在低头哭泣。我问他是不是刻意为之，他说并没有，创作时就像着了魔，一摸到那些垃圾，就能听到哭声。"

"听上去很凄美……"莫粒喃喃自语。

"武禾君很幸运，这个展览让他出名，垃圾也就成了宝贝。"麦子挑眉一笑。

"但是在香港，只有高效与利益才是宝贝，其他的，都是垃圾吧。"阿洛无奈摇头。

"你看到那些椅子了吗?"麦子话锋一转,指向墙边立着的椅子,"你看他们,五颜六色,各有各的姿态,摆在一起,也是很美的,对不对?"

莫粒点点头。

"它们是被我们从垃圾桶边捡回来的。"

"有时候真的搞不懂这世界,明明一些东西很美,或许暂时失去利用价值,就会被当作垃圾,直到它真的消失,才会被人想起,甚至被人寻找,却再也找不到……"阿洛喃喃自语。

三个人又静了。

"除了这个日本艺术家的故事,你们还会在舞蹈里表现什么呢?"莫粒开启新的话题。

"不可以剧透……"阿洛斜嘴笑着。

"可以透露其中一个。"麦子应允。

"嗯……那就是……羚羊与狮子的故事。"

莫粒饶有兴趣,期待下文,麦子却起身关了灯,房间霎时暗了下来。只见两个人影在舞室中央,相对而立,紧接着,两对手好似绳索一般,扭打在一起,一个攻击,一个防守,有力与无力的较量。忽然,一个如水般倒地,荡漾,匍匐,扭曲,一个如风般跳跃,跑动,旋转,他们在黑暗中,仿佛阴阳两极,各自争夺着舞室的中央。莫粒闭上双眼,听到赤脚与木地板碰撞的微响，仿佛见到一只狮子奋力追逐着羚羊……对啊，大自然中的羚羊，百无一用，却仍旧有着生存的意义。可那意义是什么呢？难道就是被吃掉、被淘汰吗？想到这，莫粒不忍睁眼，她害怕会望见尸骨一片。

出了舞蹈室，走道无人，四壁毛坯，水泥地斑驳，唯有一方小窗在走廊尽头，洒进阳光，莫粒明显有些害怕，阿洛便体贴地送她去搭电梯。

每扇电梯门都被一层铁栅栏挡住，阿洛用力将栅栏推开，方可按下楼键，这让莫粒想起小时候看过的香港电影，或许有过这样的情景。

"之前没搭过这种电梯吧？"陪伴莫粒的阿洛问道。

"对啊，想不到香港还有这样老旧的东西。"

"工厂区多得是。"阿洛拍拍莫粒肩头，"你做艺术版的记者，以后要常在工厂区出没了。"

"喔？"

"你不知道吗？香港很多艺术家都在工厂大厦租房。"

"你这么说，有印象……最近有个工厦乐队，被赶走了？"

"是啊，他们还是我朋友呢。呵，天天说优化工厦啊优化工厦，不就是想坐地涨价……"

正说着，电梯来了，两人互道再见，就此别过。

四

许是星期日的缘故，工厂区人烟稀少，一路上，除了门脸破旧的大厦外，亦不乏洗车铺、修车行，零星几个赤膊的修车工，蹲站在锃亮的跑车边，无聊地觑着远方。路过杂货铺，门口供着尊关公神坛，冒着红色的光，狗趴在店铺门口打盹，却不见客人光顾。整条街都没了生气，静得出奇，只听到"突突突——突突突——"的施工声，但莫粒四望，并不见工地，倒是有辆橙色的起重机，停在街对面，十分醒目。莫粒眺望着，原来车后还有几个着橙色绝缘服、戴安全帽的工人，攀着铁架，拿着电钻，对着一块悬在空中的鱼，放射"滋滋滋——"的烟火。莫粒逐渐走近，望见那鱼大得像扁舟，做工精美，鱼鳞、鱼鳍、鱼眼栩栩如生，鱼身上还绑着霓虹灯带，并组成"渔记餐厅"四字，却不见餐厅，只有一间看似平房的小屋，门窗都被贴上各种广告海报，看不清原样。

莫粒纳闷，在如此萧条的地方，怎么会突然多出个霓虹灯招牌？

就在莫粒想要用手机拍下这幕时，只听一声巨响，一阵烟雾升起，模糊了她的视线，待一切恢复清晰后，方才还被铁架束缚的鱼，消失不见了！

就在莫粒惊讶时，一个黑影从她身边闪过，她的眼神快速追上。只见是一男子，着黑色衫裤，束着日本武士发髻，背着那鱼，仿佛生了巨大的翅膀，在空荡的马路上飞奔，纵身一跃，跳上停泊的货车顶，翻了跟斗，攀上屋檐——

又是那个在废墟楼见到的男人！莫粒惊呼：

"喂——"

她赶紧叫铁架上的工人一起向上看：

"你们的鱼，被偷走了！"

工人们放下电钻，面面相觑，一脸茫然。

"你们看不到吗？"

莫粒焦急地指着屋檐上，那正跑着小碎步的男子。

工人们耸耸肩，继续工作——对着空气敲敲打打。

这时，男子忽然转身，对着莫粒挥了挥手，她整个人便仿佛失去了重心，羽毛一样飘了起来，在空中翻滚、打旋儿，尽管不断挣扎，却丝毫无力。直到她见地面愈来愈近，以为自己就要粉身碎骨时，身子停在了半空，忽现光芒刺眼，她皱眉，双手护眼，才逐渐清晰了视线：眼前是一片既无屋顶也无地板的悬空工厂，里面整整齐齐地站着几方队着深蓝色工作服的女工，她们有的齐刷刷低着头，双手在空气中作穿针引线状，有的则是敲敲打打样，还有的便是双手上下挥动，仿佛操作大型器械。

"喂——"

莫粒对着女工叫了一声：

"你们到底是什么人？！"

女工们闻声纷纷回过头——她们一个个都面庞发黄，五官模糊不清，仿佛掉了色的纸片人，吓得莫粒一阵颤抖，再没了知觉。

待莫粒恢复神智时，发现自己已经坐上了回家的小巴，她连忙打开手机地图，发现自己刚离开新蒲岗没多远，再一摸口袋，一张发黄的照片就夹在钱包里——那是一张工厂的旧照，门脸上挂着"无用制衣厂"的匾。

两次遇到黑衣人，莫粒的确怕了。她不敢一个人回家，坐在茶餐厅里发呆。这时候，手机震动，她吓了一跳，一看，又是马康发来信息：

"吃饭了吗？"

"今天看了一个动漫，里面有个小女孩，全身都是粉色，我就想起你的头发，特别可爱。"

"你要不要看看？"

烦死了。莫粒没好气地回复：

"你可不可以不要再给我发这些无聊的东西了？你的生活跟我有什么关系啊。"

　　然后她就屏蔽了马康。

　　但黑衣人的模样无法从她眼前消失。那种失重的惊吓感仍紧紧缠住她。她必须找一个人来陪自己调查这件事，那个人不可以是马康——他实在太婆妈。还有谁？何森的笑容浮现在莫粒心头。那种看似调皮，实则洞察一切的笑，正是莫粒此刻需要的。

　　于是，她从钱包里翻出何森的名片，给他发了求助信息。

　　何森很快回复了：

　　"什么事啊？小朋友。这两天我一直等你的信息呢，还以为你把我忘了。"

　　这句话稍微暖了一下莫粒的心，但她顾不上细细品味，赶紧回了一条：

　　"快帮帮我！我最近撞鬼了。"

　　不一会儿，何森就打来电话，十分关切：

　　"怎么啦？有事慢慢说，不怕。"

　　她便在电话里跟何森交代了来龙去脉，从主编周筠忽然指派任务去跟访垃圾艺术工作坊，到那些怪里怪气的组员、莫名出现的竹筒，和那栋闹了鬼一般的废墟楼，再到会飞的黑衣人，以及在工厂区被黑衣人勾去旋涡的幻觉——何森听完，第一反应便是：

　　"你如果能给这个黑衣人做专访，发到网上，点击率肯定很高。"

"别说笑了，我可真的怕他呢。"

"不要怕。"何森安慰道，"我看你是出入废墟，自己吓到自己，才会出现这样的幻觉。你明晚八点来铜锣湾吧，我带你去见一个朋友，见完你就没事了。"

星期一夜晚的铜锣湾，人流汹涌。莫粒缩在地铁站出口的拐角，满心焦虑，只觉得通街摇晃的都是飞檐走壁的黑影，一勾手指就能把她吸走。

"嘿——"有人拍了拍莫粒的肩膀，她吓得差点叫出来，回头一瞧，是何森。他穿白色 T 恤和灰色运动裤，仿佛刚从健身房出来的模样，对她露出暖洋洋的笑。这一笑，莫粒就心定了许多。她跟在何森笔直的肩背后，逆流而行，穿过一座座灿烂的商场，在闪着鲜橙色光芒的别墅状建筑前停下。那是铜锣湾的西角市场，乘着电梯进去，便是一个个拥挤又浮夸的店中店，提供文身、穿孔、动漫、成人用品为主，偶尔也有店子兜售潮流服饰。何森带莫粒去了顶楼，那里店铺多半已经关了门，还有几家快餐厅，直到走廊尽头，才见到一个被紫罗兰色天鹅绒帘围住的屋子。

屋门上写着：请对着门铃说出开门咒语。

何森毫不犹豫，大声对门说："一切有为法，如梦幻泡影，如露亦如电，应作如是观。"

门自动弹开。何森见莫粒有些胆怯，便主动牵住了她的手腕，领她进去。

空间不大，正正方方，10平方米的样子。淡粉色的球形旋转灯下，站着各式各样的绿植、鱼缸、花瓶，色彩缤纷的小画从天花板上悬坠而下。

"米娅——"何森对着高处唤着。莫粒抬眼一看，一个人脸从帘后出现，她吓了一跳，直到整个帘子都被拉开，她才知道那里藏着一架木制高低床，床下摆着一个个五颜六色的收纳箱，床上则盘腿坐着个女人。只见她中分卷发齐腰，发色被染成两种，左边浅蓝，右边浅粉。脸瘦长，胭脂浓烈，橙色眉毛下，一双紫色的眼珠藏在浓密的假睫毛后，唇上抹着深黑色唇膏，蛇形文身顺着下巴一路蜿蜒至锁骨，躲入布满网眼的深黑色罩裙里。一只绿鬣蜥攀在她的膝上，满眼警惕地盯着陌生来客——莫粒怕得往后挪了挪，躲在何森背后。

"谁来找我？"米娅眯着眼发问，尽管面无表情，但声音甜美可亲。

何森握了握莫粒的手，示意她别怕，并向前走了几步，正对着米娅：

"我朋友遇到点奇怪的事情，想找你来破解。"

"没有预约，我不见客，你是知道的。"米娅不看他们，机器人一般回话。

"怎么，对老同事也不能通融通融？"何森对着米娅挤眉弄眼。莫粒想不到他居然还认识这样奇怪的女人，愈发觉得他厉害，胆子也大了一点，跟着何森说：

"真的有要紧的事，求你帮帮我。"

米娅这才低下头来，用那双紫色眼珠盯着莫粒，几秒钟后才开口：

"那我帮你问问我的绿仙子，如果它同意，我就帮你。"

还有别人在这个屋子里吗？莫粒奇怪，却见到米娅将那只小恐龙一般的绿皮蜥蜴举了起来，对着它发出"嘶嘶"的声音。本来还觉得紧张的莫粒，此刻反而感到好笑。她觉得这个米娅是个装神弄鬼的女人。直到米娅放下蜥蜴，对莫粒说：

"绿仙子说，你被惊吓之物缠身，的确需要我的帮忙。"

莫粒这才觉出米娅的神奇，连忙将这几天的事情说给米娅听。米娅听完后不语，侧脸对绿仙子"嘶嘶"了一阵子，又攀下床，从那堆花里胡哨的收纳箱里翻出一本黑皮书来，把书页翻得哗哗响，然后停住了，递给莫粒。

莫粒一瞧，那米黄色的书页上，正好画着一个黑衣人的形象，他在高楼间飞腾。

"就是他！"莫粒连忙指认，随后又对何森说，"这个人是真实存在的，不是我的幻觉。"

米娅上前，收回书：

"你遇到的是消失已久的飞天小子啊。"

莫粒不解，米娅继续说：

"那是二十年前的事了。当时香港出了一个怪少年，身形极瘦，形如纸片，酷爱跑步，弹跳力极佳，在体育老师的点拨下，稍稍加速，就可飞起来。那时传媒对他的报道铺天盖地。许多孩子都拜他为师，求学飞跑技艺。他的家庭也因此迅速富裕。那时候，你时常能见到一群年轻人在高楼间飞跑，也有不良少年因此拉帮结派，闯入半山区豪宅偷盗。直到有一天，会飞的少年莫名失踪，其他在高空练习飞跑的学徒也陆续被判扰乱市容罪，被拘捕。他们不知在监狱受了什么责罚，出来后都性情大变，再不敢碰任何运动器械，就更别说飞了。有一阵子，不少人上街抗议，觉得人们飞行的权利被剥夺，但久而久之，这件事就被淡忘了。"

莫粒听完半信半疑：

"如果说是二十年前的事，那这个会飞的人，如今也成了中年，与我没有任何关系。忽然出现在我面前，是想做什么？"

"这本书上记载，他去了另一个空间生活，但时不时从这座城里回收、偷运一些被人遗忘的、但十分珍贵的人和物到他的世界里去——你要小心，当心被他回收。"

莫粒不敢相信：

"我一个大活人，如何会被回收？再说，如果真的被他盯上，我该怎么防范呢？"

"消失与不消失，都只在乎你自己的选择，旁人无法指路。"

说罢，米娅便从身后拿出一个玻璃烟灰缸来：

"时间到了，请回吧。"

莫粒还没有明白，何森已抢先掏出五百港币，放入缸中。下一秒，紫色的烟雾从他们面前升起，一股刺鼻的气味逼得他们不得不迅速逃离。

五

走在路上，莫粒仍心神不宁。何森看出她的不安，便带她去了糖水铺，给她点了一壶热茶宁神。莫粒才逐渐缓过神来，问何森，米娅到底是什么人？怎么看起来神经兮兮，但说的话又听上去精准有力？

何森告诉莫粒，米娅曾是文艺电台 DJ[①]。

———————————

① 唱片节目主持人。

"那时我还在读大学，去文艺电台实习，就做她的助理。她那时主持深夜节目，专门讲述香港灵异事件，也接听热线，为观众解答生活中的谜团。但后来电台越来越不景气，她觉得没什么发展前途，就辞了职。没人知道她的去向，直到三年前，我去西角市场做一个与街头时尚有关的访问，才碰到她——原来，她去了泰国进修，专门研究东亚灵异文化，考了一个灵心艺术家的牌照，便回来开了这个店，据说很赚钱的。"

听到这，莫粒恍然大悟，灵感也忽然冒上心头：

"你觉得我把她的经历也写进我的垃圾艺术专题里，好不好？"

何森还没有反应过来，莫粒继续说：

"你还记得我刚刚跟你说过的，我访问的那对舞蹈家吗？他们和米娅，其实可以形成鲜明对比。一个坚守艺术，却被观众遗忘，自觉悲哀，与垃圾为伍；一个自弃主流生活，将当代人认为是糟粕的通灵之术当作新的艺术对待，且加以商业元素，反而发达。那么到底怎样才是垃圾，怎样才是艺术，可以交给读者定夺。"

何森听了，觉得莫粒的确聪明，对这个初出茅庐的小妹有了新的认识，看她的眼神也就透出几分新的凝视。莫粒将这凝视解读为一种亲密的默契，心里又轻飘飘的。

　　但何森毕竟比莫粒老到，他帮她想到了更实际的问题：

　　"主管艺术版的编辑是不是向东？"

　　莫粒一愣：

　　"怎么问起这个？"

　　"喔，你刚才说起专题的事，我就想起他。他以前也是《明窗》的人，周筠也是。周筠一走，就把他也带过去了。大家都知道他们两个关系极好。如果周筠是你们艺术版主编，那么责任编辑的大权一定是交给向东的。"

　　莫粒点头：

　　"向东看起来油嘴滑舌，其实为人强势，我写什么都必须经他同意。"

　　何森略思忖后说：

　　"依我看，你这次的想法先不要告诉他——直接发给周筠。如此大胆的建议，我相信她会中意，你也会因此而受到重视。"

　　莫粒一听，虽觉得越位的做法有些不妥，但一想到何森正在为自己打算，心里愈发感到甜滋滋，忍不住笑了。何森见莫粒笑得如此开心，忽然有些不好意思，低下头来，眼睛望向别处。

　　那天晚上，莫粒在何森的护送下回家。刚到了楼下，一个人影闪过来。莫粒回头一瞧，是马康。他与何森四目相接，显得尴尬，但又看了看何森身旁的莫粒，什么也没说，假扮陌生人那样，匆匆离去。

"你朋友？"何森问。

莫粒摇摇头：

"不认识的。"

何森也没有多问，与莫粒道了晚安后便离去了。

但这个夜晚，莫粒如何也无法安眠。她一遍遍回味着与何森的奇妙际遇，只觉他是天使一样可心的人，总是出现于她困难之时。而独在异乡，愿意为她的构思而费心聆听的人更是少之又少。她又想起何森望着她时的那种关切，以及听到她的创意而投来的凝视，她干脆不睡了，迅速将思路书写成全新的访问大纲，发到周筠邮箱。就这样忙忙碌碌又兴奋不安的，莫粒闭眼时已过了凌晨三点。

朦朦胧胧地，莫粒似乎被雨声吵醒，暴戾的雨珠砸在卧室外挂的空调机上，像是连绵不绝的鼓声。她想拉开窗帘望望雨夜，屋子却倏地倾斜，她整个人滚落在地，窗帘也顺势倾一边，只见窗外早已混沌一片——初以为是狂风暴雨，定睛一瞧才知，四周的楼宇逐一崩裂，像是被推倒的多骨诺米牌，层层倒塌，化成碎石，降落大地，又龙卷风一般，朝她的窗口，席卷而来……

莫粒彻底醒了。雨还在下，不过淅淅沥沥，窗外的建筑完好无损，她发给周筠的邮件也躺在发件箱里，并已有了回复：

"想法不错。你可再去专访米娅，将整个事件整理成悬疑探访的形式来写——不一定发在文艺版。尽快写完给我看初稿，但也不要耽误你垃圾艺术的专题。"

莫粒反反复复看了好几次，有种梦想成真的感觉。她发信息给何森报喜，并感谢他对自己的鼓励——不过何森没有回。

这不妨碍莫粒的喜悦，她一路上好似腾云驾雾，返回了公司。

刚一踏进大门，前台小姐便主动与莫粒打招呼：

"你终于来啦！筠姐今天来得早，找你好久，你快去她办公室吧。"

莫粒一听，喜忧参半。喜的是只闻其名不见其人的筠姐居然召见自己，想必昨日的大纲建议定给其留下深刻印象，忧的则是偏偏在这样重要的日子里迟到了。

顾不得那么多，莫粒急匆匆穿过编辑部的大通间，进入一条挂满摄影作品的长廊，廊子尽头则是周筠办公室。那是四壁为透亮落地窗的方正屋子，莫粒远远望见一支湖蓝色落地花樽靠在屋里的窗帘后，走近才察觉，那是一个又瘦又高的女人，丝质长衫在阳光下好似钢琴漆般反光，对窗而立——这一定是筠姐了，莫粒想着，小心翼翼敲了门，周筠才转过身，走近莫粒，仿佛成片的湖蓝从窗外的海景里荡漾而来。

莫粒看着眼前那个比自己大了二十多岁的女人，银灰色头发剪得极短，一双眼斜斜向上，鱼尾纹飘在青白皮肤上，鼻头与下巴都尖尖的，绷着抹了豆沙粉的薄唇：

"你今天上班迟到了。"周筠冷冷地说。

莫粒一下慌了，赶紧解释：

"对不起，昨晚写访问大纲，很晚才睡，今天就起晚了……"

"你刚来公司两个月是吧？"周筠打断莫粒。

莫粒点头，不敢再多说。

"你的想法不错，但你要记住，你是新来的记者，还没过试用期，你主要负责的是向东吩咐给你的专题。团队很大，我不能事事亲自吩咐，所以我需要向东来帮我传达，而你需要做的，就是执行它。"

周筠不苟言笑地盯着莫粒，莫粒没了底气，仿佛自己做了错事，正在接受责罚，好在周筠很快扬起嘴角，露出笑意：

"不过你放心，好的点子我不会错过。我已帮你联系了摄影师，今晚六点以后，你可带他一起去找米娅，进行突击访问。你要问的问题，我也叫社会新闻部的人写好了，到时你拿着去问就好。"

莫粒望着周筠忽然明媚的笑眼，反而有点迷糊：

"筠姐，我想你可能误会了我的意思，我是希望把米娅的故事融入垃圾艺术专题，以她的经历与舞者的经历形成对比……"

"垃圾艺术专题的主角是摩羯，为了丰富内容，才多加了尤斯莱斯舞蹈的访问，这一点，向东应该早就告诉你了吧？"

"对，但是……"

"这是你入职以来独立执行的第一份专题写作，于你的转正有着至关重要的影响。"

话已至此，莫粒不敢再反驳什么，周筠也觉出气氛的紧张，于是她又笑：

"但你不要担心，你的新点子已经赢得了我与其他三位主编的喜爱，好好干，我看好你。"

说毕，周筠从抽屉里掏出一包点心，分给莫粒吃：

"这是朋友带给我的手信，你尝尝。"

从周筠的办公室出来后，莫粒心情复杂。她一边看着周筠给她的访问问题——"请解释黑衣人的灵异事件""你觉得这个世界有鬼吗""其他人会把你当作怪物来对待吗""你收费昂贵的读心术真的有科学依据吗""曾经有人骂你是骗子吗"——她明白了，周筠想通过这个偷拍似的访问将米娅营造成神经兮兮的巫婆，以此作为噱头，放到网上引人讨论。莫粒想起何森昨晚递给自己那充满期待的眼神，觉得无比怅惘：

"主编真的找我谈话了，但一切不如我们想得那么美好……"莫粒再次给何森发了信息。但何森没有回复。

恍恍惚惚地，莫粒已穿过不同部门的工作台，临近自己工位，却忽然发现，那里坐了另一个女孩。

"不好意思，这是我的位置……"莫粒对着女孩的背影说。

女孩回过头来，顶着一张好奇的脸，乌黑大眼滴溜溜转：

"东哥让我坐在这里的呀。"

莫粒正疑惑，向东刚好从茶水间走出来。

"哎呀，粒粒回来了呀！和筠姐聊得开心吗？"他对着莫粒挤眉弄眼，莫粒觉得鸡皮起了一层又一层。

"介绍一下，这是你的新同事，艾琳！你要多关照。"说完他又对艾琳单眼一笑，艾琳倒不忕，继续瞪着乌黑大眼，以不变应万变。

"你就坐这吧。"向东指了指他自己工位的对面，"对着我坐，和我交流方便嘛。"他一把手搭在莫粒肩头，莫粒猝不及防，也只好忍了。

向东与艾琳随意交代几句后，将一本《入职须知》

扔在她的桌前，便急匆匆离去。艾琳一直目送向东背影消逝，再与莫粒四目相对，眨眨大眼，甜甜一笑：

"粒粒姐，有事请你多关照呀。"这清恬的声音，真是叫莫粒自愧不如。她与艾琳寒暄几句后，便开始整理新的工位。一边收拾一边琢磨——向东一定知道了自己越位与周筠联系的事情，但并没怀恨在心，反倒对自己愈发热情，并吩咐自己对新人多多关照？看来他在公司的位置之稳固，远远超出她与何森的想象，就算手下人提出比他更好的专题建议，他不仅不担心位置被抢，反而要更捧手下人的场，好给自己这个小领导贴金。这样一来，莫粒愈发觉得今晚的访问尤为重要——成也米娅，败也米娅呀！

莫粒打算沉下心，将手头"垃圾艺术"的稿子尽快写好，再联系摄影师外出访问，给周筠一个交代，也把握这个晋升的大好机会。只要转正留在公司，那么明年的工作签证也有着落。

但不久，一团骚乱声就在莫粒身后响起。她回头一看，突发新闻组的几个记者从大门进入，气喘吁吁的，其他组的同事见状都围了去：

"怎么样？"

突发新闻的记者很快被询问声淹没。莫粒好奇，也凑去看发生什么事。

"火还在烧——死了一位消防员。"

"怎么回事啊?"

"迷你仓着火,里面东西太多,火引子怎么都灭不完,简直就像森林大火。"

"哪里的迷你仓?"莫粒插了一句。

"这你都不知道?新蒲岗的百乐大厦呀,烧了一早上了。"

百乐大厦这熟悉的四个字惊住了莫粒。这不就是她昨天才去过的地方吗?她想起那座工业大厦里,阴森的电梯、昏黄的走廊,还有那一对在黑暗里扭在一起的舞者,仿佛闪电就在身后劈下,心有余悸。她连忙给阿洛和麦子打电话——打了几次也打不通。

黑衣人的影子再次从莫粒心头划过。她忽然想起米娅说的话——"他去了另一个空间做走私犯,专门从这座城里回收、偷运一些被人遗忘的、但十分珍贵的东西到他的地盘去卖……"难不成,凡是被黑衣人见过的人,都已经被回收了?想到这,她似乎能看到黑衣人拽起舞者的双脚,将其扔进烈火燃烧的垃圾桶……

惊恐之下,莫粒再次给何森打电话,也是怎么都打不通。她开始有了更坏的假想:所有与"垃圾艺术"有关的人,包括何森这样的旁观者,都会像垃圾一样被回收。这个想法让她忐忑不安。她像机器人一般,神情恍惚但手指机械地在键盘上打字。好不容易挨到收工的时间，莫粒也赶完了对舞蹈家的专访文章，草草发送至向东邮箱，便一溜烟跑出了公司。

摄影师已叫了车，在公司楼下等着莫粒。除此之外，还有一个直播组的主持人，打扮精致，正与摄影师说笑，见莫粒来了，便招呼大家上车。

莫粒对车内人都不熟，但他们彼此看似已是老友，讲着公司八卦。说是《焦点周刊》销量不佳，决定转变发展方向，将周刊变为季刊，并重点发展直播平台，多举办与网红合作的线下活动，诸如此类。莫粒并没心思听，忐忑想着似乎被消失的那些人。直到车已进入铜锣湾，大家纷纷下车，她才精神起来。

莫粒领着摄影师和主持人，凭着记忆，找到了西角市场。那间被紫罗兰天鹅绒包围的屋子却大门紧闭，门上挂着一张"休息"的木牌。

"完了，白来一趟。"主持人有点不高兴了，踩着高跟鞋跺脚。

"我就说要先预约，周筠不让，说什么突击访问效果最好。"摄影师跟着抱怨。

莫粒却将访问的事情放到脑后，只觉得米娅的离开似乎验证了她的假想。

等了二十分钟，依然没人回来，摄影师和主持人便相约去隔壁商场晚餐。莫粒则独自走在街头，随意找了家靠街的咖啡厅，窝在窗边的沙发里。她给何森发了一条长长的信息，讲述自己这一天噩梦般的遭遇。她祈求何森可以回复，报声平安，起码让她心安。再抬头时，对面街口流动的一抹鲜红吸引了她。她定睛一看，那是一组穿着鲜红色运动背心的老人，随着叮叮车轨，追在叮叮车尾缓慢移动。很快，牵着横幅的年轻人就掠过了老人，拉起一条长长的标语：齐齐保卫叮叮车！

身旁的人都站起来围观，议论纷纷。莫粒听着他们说，想起前些日子要取缔叮叮车的传闻。

"这些人搞什么鬼？"

"你不知道吗？他们想证明，叮叮车再慢，也是快过老人的。也是想以此比喻，叮叮车就像城市的老人，不能因为它们速度慢就把它们当垃圾。"

"其实叮叮车有什么好？又热又慢。留着也是浪费路面。"

"一种情怀吧。毕竟也是这个城市的标志物，大家舍不得让它消失。"

"无聊！"

莫粒听着听着，犯了职业病，刚想举起手机，记录下这一切时，手机屏幕弹出来一则 App 消息：

"灵异直播：消失的飞天小子又回来了？"

　　她看着标题，愣住了。难道还有其他人与自己一样，也曾见过那黑衣人？她赶紧点开视频——画面还在缓冲，但视频上方显示，此直播链接来自《明窗》的新媒体平台。看到这，莫粒已有某种紧张的预感，下一秒，一双坐在沙发上对谈的人物清晰呈现。正如她刚刚预想的那样，面对镜头的，就是她今日一直寻找未遂的米娅与何森。

六

　　莫粒很难形容那个夜晚，她的心情如何，又怎样煎熬过来。当何森与米娅一问一答地说出他与黑衣人偶遇的过程，再由米娅捧出那《灵异图鉴》来解释飞天小子的时候，莫粒忽然明白了何森对她所遇之事如此上心的原因，以及听说她要将此事件写出来时凝视她的眼神。那是一汪看似清澈但实则布满沼气的恶水。

　　离开咖啡厅的时候，直播还没有结束，但反对取缔叮叮车的那群红衣老人已经散了。空空如也的轨迹上，行人来去匆匆。她忽然想起阿洛的苦笑："在这个城市里，除了利益，其他的，全都是垃圾吧。"

　　原来，自己不过是被何森利用的棋子。这个烂俗的比喻浮现在脑海时，莫粒也随即想起马康。在她最不熟悉这座城的时候，那些生活琐事，都是马康来帮忙解决。而她对他，又何尝不是用完即弃呢？最无用的就是真心啊。她想起那一夜，在家楼下闪烁即逝的失落背影，她觉得自己和自己曾抛弃的人，已合二为一。

远处，一辆叮叮车缓缓来了。莫粒挥挥手，便坐了上去，任它缓慢地载我行一行吧，她想着，给我一点时间来遗忘尚未开始就结束的梦。

所谓坏事传千里，好事不出门——莫粒觉得古话果然有理。再回到公司的时候，所有人对她的态度似乎都焕然一新。

还没有走到工位，其他部门的同事就忍不住回头瞄莫粒一眼，所到之处，必有一阵喊喳碎语在其身后蔓延。而到了工位时，艾琳也收起昨日那一汪真诚的湖泊——或者说，根本就看不到莫粒似的，连基本的晨间问候也没了。向东更是做得过分，传递什么东西都直接越过莫粒，叫她身后的人来接，完全当她空气了。

莫粒觉得委屈。明明创意是自己的，却被人偷了去，她也是受害者，同事不帮着想办法就算了，还要踩自己一脚——踩不到的也要想办法与自己撇清关系，生怕被连累。哪有这样的事呢？不过，向东这样待人，倒也不意外，就是不知筠姐会如何反应？一天下来，莫粒战战兢兢，时刻准备接受筠姐召见，但筠姐却消失了一般，没有给她任何讯息。于是，莫粒决定主动出击。尽管一切的罪过不该自己背，但在这样的圈子里，轻信同行、感情用事，也许就是大忌。她写了一封诚恳的电邮，向筠姐讲述来龙去脉，从她如何与何森相识，到逐步跌入陷阱，写到情动处，她忍不住留下心疼自己的眼泪。

修改又修改，莫粒终于点击发送键——很快就有了自动回复：

"你好，本人正在外地出差，下周一才回港，若造成工作不便，请见谅。"

难怪周筠一直不找自己，原来根本就不在香港啊。既然如此，日子总得继续。向东也不是不识大体的人，那篇垃圾艺术的专题就要出刊，接下来的几天，他还是照旧与莫粒沟通，共同编稿，只是没了往日那股暧昧，对她直来直往，冷言冷语——她倒有些不习惯。当莫粒看着其他女同事时不时来找向东诉说工作难题，又随意从他抽屉里拿走零食来吃，一团和气的模样，她忽然觉得，这一切是不是都是自己错了？一开始就是自己以貌取人，认定向东是个无赖流氓，所以见他所有言行都觉得无耻，但仔细想想，工作的一个月里，向东虽然不怎么出现，油腔滑调、吊儿郎当的，但其实一直远程操控文艺版的选题与编稿，无微不至。或许，他能受到周筠重视并一路稳健上升，并不是自己所想的只知道"擦鞋拍马"那样不堪？望着眼前与自己越来越生分的工作气氛，莫粒开始害怕自己醒得太迟。但此刻，莫粒也想不到别的解决方式，唯一能做的，就是把手头的垃圾艺术专题写好，写到极致。

几日后，最新的《焦点周刊》出版，同事们挨过了连续编稿的死线，一下子活了过来，就连向东对莫粒的脸色也终于回春不少。垃圾艺术的专题正常发表在文艺版头条，在莫粒的告知下，摩羯迅速将其版面拍照发到了脸书专页，并发起了抽奖送杂志的活动。粉丝力量势不可当，这一期的《焦点周刊》销量喜人。

"粒粒呀，专题写得不错嘛。"向东也再次对莫粒抛来了媚眼。尽管莫粒还是觉得有点难堪，但她心里着实舒了一口气——最难挨的寒冬过去了，距离月底也只剩下十日，而她只要继续安稳，在月底拿到人事部的文件，便可前去入境处办理工作签证的续签。接下来留港发展，也就顺理成章。

就在莫粒觉得万事顺畅的时候，周筠杀回来了。

那天早上，莫粒刚睁眼，一摸手机，就见到邮件："中午前来我办公室。"

不用猜，这样冷漠急速的留言，必是来自那眼里不容沙的筠姐。

莫粒猜不到等着自己的是什么，只觉得一定没什么好事——筠姐肯定不会轻易放过米娅专访的过失。她一边匆忙洗漱，一边在心里默念台词。

筠姐，你不能这么不近人情吧？就算米娅的专访我没有做，被《明窗》抢先了，但你之前吩咐的垃圾艺术专题，我可是单枪匹马给你写了出来。杂志销量提升，这是事实吧。那时艾琳还没来，文艺版都是我一人扛着，现在不能有了新人，就对我用完即弃！

又或者，筠姐并不是自己想的那样无情？毕竟，米娅的访问没有预约，我也不能保证她一定在场。说不定，这次筠姐找我，也不是为了这个——毕竟，她这个人说话就是冷冷的，没什么好怕的，对吧？莫粒给自己打气。她一边走，一边给周筠回电邮：

"筠姐，请您稍等，我马上就到公司。"

她刚刚点击发送，邮件就被弹回：

"对不起，您发送的邮箱地址有误，请核对后再尝试。"

怎么回事？

她又发了一次，依然失败。不管了，她收起手机，跑出家门。

一下楼，莫粒就不得不驻足：不知从哪天开始，自己居住的楼宇被竹竿搭成的架子围了起来，一块块黄色的施工墙挡住了她去往地铁站的路，墙外立着一台巨型垃圾桶，像是坦克一般；施工墙里是她平日会经过的一株大树，还有一根铁架从中高高地探出来，像铁质的象鼻，在树的上方盘旋。莫粒一边匆匆绕开施工墙，一边抬头望上空，忽听得"哗啦啦——"一片声响，仿佛万只飞鸟一起扑腾翅膀：那铁质的象鼻，用力一卷，就将一株大树连根拔起，随后，墙外的坦克垃圾桶，张开大嘴，嘎吱嘎吱，吃着大树……

这是什么奇怪的机器？莫粒惊讶着，但来不及看完，已被赶路的人拥去了一边——必须要绕远路才能到地铁站了。为了节省时间，莫粒疾步拦下的士。

"唔该，去观塘报业街 5 号。"

"什么？"司机摘下蓝牙耳机，一脸迷茫。

"观塘报业街呀，第五号，就是《焦点周刊》大楼。"莫粒重复一次。

司机抬起头，望了望后视镜：

"小姐，你别玩我啦，哪有什么《焦点周刊》呀？"

"怎么没有？就是……"

算了，没有时间争执，估计是司机不熟路线，又不好意思说出口，莫粒想着，便换了个说法："那麻烦你去观塘宏图大道吧，我下车了自己走去报业街，谢谢。"

司机没吭声，重新戴上耳机，一手搭在方向盘上，轻轻一转手，车子驰骋起来。

待车停稳，莫粒却不愿开门：眼前是一片巨大的心形水域，泛着橙粉色波光，池水不断向天空涌现爱心形状的波纹，更有一队悬空的管弦乐器，自动弹奏着浪漫曲调；水域四周围满男男女女，戴着 VR 眼镜，在水域边搔首弄姿、自我陶醉。

"先生……"莫粒强忍怒火，"如果你不认识路，麻烦你提前告诉我，现在你把我带到这个鬼地方来……"

"怎么回事？"司机回头望着莫粒，满脸不耐烦，"你不是说，要去宏图大道吗？"

"对啊，可是这……"

"这就是啊！"司机有点生气了，"小姐，如果你想换目的地可以直说，请不要随意指责……"

"等等……"莫粒慌了，连忙从手袋里拿出手机，翻出来公司大厦的照片，那是她第一日上班时拍下留念的，"这个大厦呢？这个大厦不是在宏图大道对面的报业街 5 号吗？"

司机接过手机，手指在屏幕上摸了又摸，认真对莫粒道：

"小姐，这个大厦早就被拆掉了呀。"

莫粒抢过手机："不可能啊？！"

"现在哪有报业一条街呢？它早就被改造了。喏，你眼前这个梦幻爱河，就是曾经的报业街呀！"

"什么爱河？"

"你不知道吗？这地方可神奇了，只要你戴上 VR 眼镜，站在河边，就能和你的梦中情人在粉色的水中约会，我之前试过一次，那个感觉啊……"

莫粒完全不懂司机在说什么，不敢再听下去，破门而出，一路小跑，连车钱也忘了给。

一出来，世界果然不同了，从往昔的宏图大道 5 号向左走，理应是白纸出版社、影艺协会大楼，还有曾被《焦点周刊》视为死敌的《明窗》至《爆新闻》等 7 家媒体公司，那一幢幢外墙斑驳、方方正正得有些土气的大厦，如今被夷为平地，还被挖掘成了会对着天空吐出爱心形状泡沫的人工池塘。

道路尽头突兀起一座独栋高楼，有着埃菲尔铁塔的姿态，比它更细瘦，一路向天，恨不得要冲破云霄。

这建筑门上刻着几个大字：虚实塔。玻璃大门开开关关，人们从中出出入入，他们头戴 VR 眼镜，嘴里絮絮叨叨，手在空气中敲敲打打。

就在莫粒惊讶时，她看见了一些熟悉的面孔——社会版的记者 A、突发新闻版的记者 C、娱乐新闻版的编辑 D……

"喂——"莫粒随便拉住一个。

那人吓了一跳，摘下眼镜，眯着双眼，皱起眉头，见是莫粒，又笑了起来：

"莫粒，你还不交稿？主编可生气呢！"

"什么？"莫粒一头雾水。

"你看看这都几点了？不跟你说，我正直播采访呢。"说罢，那人戴上 VR，继续对着空气絮絮叨叨。

这到底是怎么回事？为什么曾经的一切都消失了？楼房被重建，树被推倒，纸媒公司不再……难道？

莫粒忽然想起阿洛的话：

"有时候真的搞不懂这世界，明明一些美的东西，却会被当作垃圾，直到它真的消失，才会被人想起，甚至被人寻找，却再也找不到……"

对啊，纸媒无用，老树无用，旧屋无用，所以……像羚羊一样被狮子吃掉，消失了？

莫粒还没想明白，就再次羽毛一般，飘了起来。整个人仿佛成了离了肉身的魂魄，思绪丧失，感觉全无，不断地穿过马路上驰骋的巴士，跃过大厦的玻璃幕墙，流淌到云间。待她神志清醒一些时才发现，自己并不是成了羽毛，而是附在一个人的背上。

这人还是如以往一般，全身素黑，扎着日本武士头，无所畏惧地奔跑，跳跃，翻滚，起飞……

又是那可怕的黑衣人！

"救——"

莫粒刚刚张嘴，声音就融化在飞速逝去的时空里。

她尝试逃离，却发现胳膊已经被牢牢固定在这人的肩膀上，动弹不得。

直到她习惯了飞跑的速度，视线才逐渐清晰起来：

眼下的城市风景在不断闪过，华美又类似，接二连三、此起彼伏的都是购物商城；紧接着又是成排的宾馆、大酒店……

"轰隆隆——轰隆隆——"

一列长长的高铁车厢从莫粒眼下呼啸而过。

随后，视野愈发宽广——莫粒看到了海，碧蓝海上漂着巨型轮船，待飞近才发现，那不是船，而是一座座移动的建筑——正是她曾在湾仔见过的那种废墟楼，三四层高，四壁斑驳，连成一片，如山峦般此起彼伏。高低不平间，五颜六色的铁皮屋夹在其中，当莫粒乘着黑衣人划过屋顶上空时，她看到泛着波纹的防雨屋顶海浪般翻起，从中飞出来追飞机一样探奇的孩童，追着莫粒跑。莫粒忍不住回头望，却发现这些孩子全都体型怪异，少了胳膊或短了腿，脖子粗大、皮肤惨白，一跑起来就失了重力，开始在空中盘旋、倒立，并大声喊着："飞啊——飞——"但莫粒并不觉得他们骇人，反像见了卡通公仔，满心惊奇。

黑衣人却存心与莫粒作对似的，就在她心情稍稍舒缓时，突然加速，急速下降，莫粒吓得眼睛都睁不开，只觉自己的头顶不断摩擦着密林般成片的霓虹招牌，穿越在翠绿、玫粉、葡萄紫交织的荧光里，头发被吹得呼啦乱响。而在她脚下，缓慢飘着身形笨重的叮叮车，车顶坐着野猪、猴子、鸟，它们仿佛见到难得的美食，不断发出兴奋声响。莫粒紧张得缩成一团，生怕自己掉入野兽嘴中。

刹那间，黑衣人停住了。风声与兽响消失在耳边。莫粒还没有反应过来，就发现自己已经悬浮在空中，脚下是云，头上是海，四周满是鸡蛋大小的透明球，金色光芒正从球的表面以抛物线的姿态划入云海，消散不见。

黑衣人以平移的姿态，飞到莫粒眼前，对她露出曾在废墟里显现过的沧桑笑容：

"欢迎来到无重世界！在这里，无须负重，想飞就飞，自由自在，更不用担心什么工作、前途、金钱这样浑浊的事，你要做的，就是尽情享受你最欢愉的时光，释放你的能量。"

尽管他笑眯眯，毫无恶意的样子，莫粒还是吓得直往后退——却不想身后宛如有墙壁挺立，她根本动弹不得。

"你到底是什么人？！"她唯有原地大喊，尝试自卫。

"米娅不是告诉你了吗?"黑衣人继续笑,"你明知故问。"

莫粒不敢相信,所谓的另一个空间、飞天少年竟然真的存在。她有点害怕,不知这地界到底是人间还是地狱……一阵寒意莫名而来,她忍不住要问出那个最让自己担忧的问题时,黑衣人替她回答了:

"放心,你没死。"

他笑着走过来,拍拍莫粒肩膀:

"你看,你这不是有血有肉的 —— 但此刻的你不是现实的你,而是消失的你。"

"消失的我? 什么意思?"

"人都是有两面的,一方面,为了生存而不断改变自己;在改变中,不断放弃的某些自我,就累积成人的另一方面 —— 也就是站在我面前与我说话的这个你。"

莫粒被黑衣人说晕了,一脸茫然。

"给你举个例子吧 ——"黑衣人一甩手,一束金光就从其中一个透明球里打了过来。莫粒顺着光,看到球里原来还装着个手掌般大小的人类,重复着同一个动作,仿佛被关在笼中的仓鼠不断奔跑。而那人的身影却有些眼熟……

"你看,这也是个消失的人 —— 就是那个你曾经利用过的那个男孩。"

"马康？！"

"对，就是他。"说着，黑衣人将球抛了过来，它乖乖地停在莫粒眼前。只见马康缩在球里，对着手机不断发送信息，手指好似发电机一般运作，但笑容却凝固着。

"马康——"莫粒紧张地对着球喊道，但马康不为所动。

"别喊啦，他根本听不到，他正在我的回收球里释放他对你的痴情呢。"

"回收球？"

"自从他发现自己被你欺骗后，曾经对你痴情的那个他也就被他自己抛弃了——我看那个他如此可爱，就大发慈悲，回收了他，让他凝固在自己的痴情里，将快乐输送给无重世界里的居民。"

输送快乐？莫粒不解，但看着那个球体不断散射的光芒体，她恍然大悟——这些球里的人不断重复一个动作，就像发电机一样，不断生产与释放他们的快乐能源。而所谓的居民，大概就是那些住在铁皮屋里的畸零人，还有乘坐叮叮车的飞禽走兽——莫粒明白了，那都是不被光鲜城市容忍的垃圾们。

"别担心，这里还有很多你的朋友在陪马康——"说着，黑衣人变戏法一般，不断将球体抛到莫粒面前。那些熟悉的人，一个个再次出现在透明球里。

废墟里相片上的夫妻，两人坐在钢琴前四手联弹，有说有笑……

参加垃圾艺术坊的寸头女人——球体内的她正在剪纸，将卫生卷纸剪成一条条碎片，再雪花一般撒向空中……

体态妖媚的少年拎着大号女装，摆在身前比画。当他侧头时，下颌有些突出，看上去像是一弯月牙……

那一个个被自我放弃的人，都凝固在透亮的球里，重复着曾经最享受的瞬间。

光芒不断在莫粒眼前亮起又暗下去，莫粒终于忍不住问出自己的顾虑：

"你带我到这里，也是要把我回收吗？"

黑衣人停止了手中的动作，又斜嘴一笑：

"不是我想回收你，而是现实中的你被迫放弃了自己啊。"

"什么意思？"

"你先看看现实中的自己正在经历什么吧——"

说着，黑衣人大手一挥，

莫粒四周的一切开始扭曲、旋转，仿佛成了一个巨大的旋涡。莫粒尝试伸手抓住什么，却根本仿佛置身沼泽，动弹不得，直到眼前波浪般浮动的天地稳定下来，她看到另一个自己从远处急匆匆跑过来。

"你！"莫粒对着另一个自己大喊，但声音却根本传不出去。只见另一个莫粒跑到远处，那里有个人影也逐渐现形——正是刚才发邮件召唤她的周筠。

周筠与另一个莫粒在半虚半实的空间里对峙着。

"你不用再来了。"莫粒听到周筠开门见山。

"什么意思？"另一个自己追问。

"就是说，我们这里不需要你了。你等一下可以去人事部办离职手续了。"周筠继续说，声音依然冷得像冰。

尽管身为旁观者，莫粒还是吓得心凉了凉。不可以啊！她在内心里呐喊，不能没有这份工作，否则她就没有工作签证，会被赶回原籍——这意味着，她真的要从这个城市消失了！

"我做错了什么，为什么要我走？"另一个莫粒与周筠据理力争。

"没有什么为什么，我可以叫你来，也可以叫你走。"周筠不为所动。

"就因为《明窗》抢先访问米娅吗？"另一个莫粒继续问，并尝试争取机会，"如果是这样，请你再相信我一次，我还可以补救……"

"不用你操心了，你直接去人事部办离职手续吧。"

说着，周筠拎起电话，给人事部专线打了过去。

莫粒只觉得爆竹在自己脑子里噼啪乱响，吵得自己要哭。

而眼前的一切又开始变形、褪色，莫粒感到自己再次飞天、旋转，等再落地时，她看到周筠就在自己眼前，而面对着周筠而立的，还有一个人，那是向东。

"下个月开始，《焦点周刊》将会变成《焦点季刊》，文艺版没什么人看，就取消了吧。"

"那部门里的同事呢？"

"把艾琳放去娱乐新闻吧，她爸本来也是电视台领导，到时给我们通风报信也方便。莫粒就炒了吧。"

"可是莫粒这次的垃圾艺术专题写得不错……"

"留着她就要给她办工作签证，公司还得上缴财务报表，太麻烦。反正她也没什么工作经验，可有可无的。"

向东没说什么，点点头，便出去了，周筠也消散在空气里。

下一秒，黑衣人出现在莫粒眼前。

"怎么样？明白是怎么回事了？"黑衣人一边抚摸着手边的透明球，一边玩笑般问她。

莫粒还待在那里。但几秒后，她清醒过来：

"你放我回去！"莫粒大喊，"我要回去阻止周筠！"

"你再挣扎也无用了。《焦点周刊》即将变成《焦点季刊》，文艺版也没了，但杂志毕竟不再受大众欢迎，很快，《焦点季刊》也消失了，只剩下'焦点'网站与App。我不是带你去过未来了吗？过不了几年，VR媒体会取代所有——到那时，此刻的你，身为纸媒记者，想不消失也得消失。你又何苦再去现实中承受多次打击呢？"

莫粒愣住了。原来，她刚刚经历的，是不久后的未来。而在未来里，旅游业蓬勃发展，纸媒逐渐式微甚至被淘汰，而她的同事，也都自我升级成为VR媒体人……

"消失与不消失，都在于你的选择——来吧，进入我的回收球，享受你永远不消失的快乐吧，释放你的能量，让我们的无重世界更美好——"

"等一下……"莫粒打住黑衣人，"事已至此，我也无处可逃，我只想再问最后一个问题。"

"你说。"

"新蒲岗的迷你仓大火，也是你安排的吗？"

"你当我无所不能吗？那是工厦电路老化，天干气燥、迷你仓过于拥挤，便自然起火，与我无关。不过，我当时也以为能收了那对舞者的自我，要知道，他们累积多年的执着，放入我的回收球，将会释放出无穷的能量啊。所以，那天一起火我就赶去了现场。可我低估了他们的执着。尽管舞蹈室与道具化为灰烬，但他们还不放弃，跑到网上众筹，期望能得到资助，完成他们的演出。"黑衣人边说边摇头，"傻啊，执着到最后，依然要放弃，又何必自我折磨？你看，那些早早选择放弃的人，便能继续在我的回收球里不断享受快乐，多好！"

听到这，莫粒想起阿洛与麦子在逼仄空间里奋力舞动的模样。

黑衣人还在喋喋不休：

"不要多想……深呼吸，我很快就会把你放入我的回收球……你就可以享受永不消失的快乐……"

不。莫粒摇头。这世上根本没什么快乐是永不消失的。难道要为了一刹那自满的永恒，就化成一个任人耗费能量的球中物吗？那样的快乐，是虚无的、真空的，毫无意义。而真正不消失的，应是自我与现实的永恒博弈，烈火中奋力扭动的不屈之姿。

就在黑衣人拿出崭新回收球，朝着莫粒奋力扔过去的时候，她尽全力向前一推，刚好将回收球弹回黑衣人胸前，那玩意被砸出无限能力，弹得黑衣人一个趔趄，飞到远处，与此同时，莫粒也好似瞬间被拴了铁砣，不断下沉，下沉，下沉……

七

莫粒再站稳时，发现自己正站在家门口。突如其来的晕眩，让她头昏脑涨，视线模糊。几秒钟后，她才逐渐恢复清醒。看来最近睡得不足，身体都变差了，她揉着太阳穴，这样想。但不能心疼自己太久，下一秒，她就拉开家门，疾步前行。

那是香港五月的早晨，潮湿又清亮，水盈蓝天似真丝，裹着海浪般叠起的翠绿，在光下荡漾出温柔的金。莫粒就在这金光下走路，甩着浅粉色齐肩发，扬起额头，一双细眼嵌在白嘟的脸上，总带着笑似的，柠色连衣裙摆荷叶般飘在脚踝，在路面上开出一串黄蝉花来，从乐雅花园挂着"私人住宅"牌子的铁门，绽放到冒着美食油烟的小径，再经过尚未拉开铁闸做生意的一家家门面，才忽然停住——曾经挂在三层楼建筑上的"新诚书局"招牌消失了，建筑也被装修墙围了起来，壁纸上写着"coming soon①"。这引起莫粒几秒钟的诧异，她遗憾地想，附近唯一的书局没了，可我的图书优惠券还没用完——但这也不能阻止她此刻的好心情。香港总有东西在消失，也有东西在兴起，没什么大不了。莫粒又快活地走起来，上落天桥，直达地铁站，尽管人流与燥热扑面而来，她也不恼，靠在墙角，从包里摸出崭新的记者证，将它举在脸边，和证件里的自己一起望向手机镜头自拍，随后将照片发在社交媒体：

---

① 即将来临。

"今天,《焦点周刊》记者小莫正式开工!"

这张照片在莫粒朋友圈引起不小轰动,点赞好似鞭炮噼里啪啦响了一路,莫粒踏出地铁站的时候,觉得自己焕然一新,树影斑驳地划过她的面颊,当她满心欣喜地对着清新空气畅想未来时,她没有留意,一团黑乎乎的人影,从她头上疾速掠过,朝着这座城市不起眼的角落、罅隙、人群里飞去。